O CAMINHO DAS ESTRELAS

RAUL DREWNICK

ilustrações de JANA GLATT

© EDITORA DO BRASIL S.A. 2016
TODOS OS DIREITOS RESERVADOS
Texto © RAUL DREWNICK
Ilustrações © JANA GLATT

Direção geral: VICENTE TORTAMANO AVANSO
Direção adjunta: MARIA LÚCIA KERR CAVALCANTE DE QUEIROZ

Direção editorial: CIBELE MENDES CURTO SANTOS
Gerência editorial: FELIPE RAMOS POLETTI
Supervisão de arte, editoração e produção digital: ADELAIDE CAROLINA CERUTTI
Supervisão de controle de processos editoriais: MARTA DIAS PORTERO
Supervisão de direitos autorais: MARILISA BERTOLONE MENDES
Supervisão de revisão: DORA HELENA FERES

Coordenação editorial: GILSANDRO VIEIRA SALES
Assistência editorial: PAULO FUZINELLI
Auxílio editorial: ALINE SÁ MARTINS
Coordenação de arte: MARIA APARECIDA ALVES
Design gráfico: CAROL OHASHI/OBÁ EDITORIAL
Coordenação de revisão: OTACILIO PALARETI
Revisão: ANDRÉIA ANDRADE
Coordenação de editoração eletrônica: ABDONILDO JOSÉ DE LIMA SANTOS
Editoração eletrônica: SÉRGIO ROCHA
Coordenação de produção CPE: LEILA P. JUNGSTEDT
Controle de processos editoriais: BRUNA ALVES

Dados Internacionais de Catalogação na Publicação (CIP)
(Câmara Brasileira do Livro, SP, Brasil)

Drewnick, Raul
  O caminho das estrelas / Raul Drewnick ; ilustrações de Jana
Glatt. -- São Paulo : Editora do Brasil, 2016. -- (Série toda prosa)
        ISBN 978-85-10-06140-7
  1. Literatura infantojuvenil I. Glatt, Jana.
II. Título. III. Série.

16-03343   CDD-028.5

Índice para catálogo sistemático:
1. Literatura infantojuvenil   028.5
2. Literatura juvenil   028.5

1ª edição / 5ª impressão, 2025
Impresso na Forma Certa Gráfica Digital

Avenida das Nações Unidas, 12901
Torre Oeste, 20º andar
São Paulo, SP – CEP: 04578-910
Fone: + 55 11 3226-0211
www.editoradobrasil.com.br

SUMÁRIO

SONHOS QUE VIRAM PIADAS **5**

A BOAZINHA E A BANDIDA **10**

O REMORSO DE LUÍSA **15**

O ÍDOLO DE ROBERTO **20**

IRMÃ, NÓS PRECISAMOS CONVERSAR **28**

UM PLANO GENIAL **33**

O MISTERIOSO MATEUS **37**

UMA CARTA PARA JÉSSICA **41**

A BABÁ DE MATEUS E FERNANDA **46**

FUGINDO COMO LADRÕES **53**

CONVERSAS NUNCA MAIS **57**

DOIS LEÕEZINHOS ENFURECIDOS **61**

A FAMÍLIA ACERTANDO OS PASSOS **66**

CASA FANTASMA, ESCRITURA FALSA **71**

A ANGÚSTIA DOS TRÊS PASSOS **82**

ALEGRIA 2 × TRISTEZA 1 **87**

CAMINHOS OPOSTOS **91**

PRECISAMOS DE DUAS GAROTAS **95**

UMA HISTÓRIA DE LANCHONETE **104**

AS VINTE PERGUNTAS **113**

FOGO NA SALA 17 **119**

VOCÊ NA INTERNET **124**

SE O PAI E A MÃE SOUBEREM **129**

UM AVISO DO SOL PARA FERNANDA **135**

SONHOS QUE VIRAM PIADAS

Deitada na cama, com os cotovelos espetados no colchão e os olhos fixos na revista apoiada no travesseiro, Fernanda lia uma reportagem sobre quatro modelos brasileiras que estavam fazendo sucesso nas capitais mundiais da moda. Em Paris, Londres, Tóquio, Milão e outras cidades em que os maiores costureiros internacionais lançavam as roupas de suas grifes, o brilho das quatro era cada vez mais intenso.

A reportagem tinha o título "O caminho das estrelas" e trazia, em oito páginas ilustradas com fotos em cores das modelos, muitas curiosidades, fatos notáveis, seus namorados mais famosos e a ficha das quatro: idade, altura, peso e medidas.

O que mais chamou a atenção de Fernanda foi a inacreditável esbeltez de todas. Depois de se esforçar para descobrir pelo menos uma com algum defeito que pudesse ser apontado, ela resumiu sua opinião com três palavras, ditas em voz baixa e cheia de admiração:

– Todas são perfeitas.

Folheando a revista, ela foi anotando mentalmente algumas informações preciosas: o que uma das modelos gostava de comer, o que outra preferia beber, qual a cor favorita desta, qual o perfume predileto dessa, qual a música mais apreciada por aquela.

Duas delas, as que Fernanda mais admirava, eram conhecidas principalmente por seus romances com astros de Hollywood. A foto de um loirinho, que tinha sido namorado da mais famosa delas, fez Fernanda suspirar:

– Ah...

A revista estava reforçando uma convicção dela: ia ser modelo. Ninguém, na sua casa, parecia achar realizável esse sonho, mas Fernanda não queria desistir dele.

Na única vez em que havia falado diretamente da sua vontade de ser modelo, não tinha sentido entusiasmo nem no pai nem na mãe. O pai não disse uma palavra, mas no seu rosto era possível ler uma frase:

– Nunca vi ideia mais boba do que essa.

A mãe não se preocupou em esconder o que pensava:

– Sabe o que eu acho, Nanda? Que você está tentando testar até onde vai minha paciência. Quer saber? Ela não chega nem até a esquina. Se eu fosse você, pensava em coisas mais sérias. Por exemplo, em estudar mais, como a sua irmã.

– Só que eu não sou você nem a Luísa – tinha desabafado ela, cravando as unhas na palma das mãos, para segurar o choro.

Era domingo, a família estava almoçando e ela, como última esperança, lançou um olhar aos irmãos. Mas Luísa, empenhada em enfiar na boca uma colherada de sorvete, não registrou o pedido de ajuda. E Roberto, com aquele ar superior de filho homem, não desceu da nuvem em que flutuava. Sorriu só meio sorriso e desviou os olhos de Fernanda, como se avisasse:

– Maninha, isso é problema seu.

Depois desse domingo de tristes lembranças, nunca mais ela falou do seu sonho com os pais e os irmãos. Mas, sufocado, o desejo de ser modelo e fascinar estilistas do mundo inteiro ia crescendo dia a dia. E, no colégio, à amiga Bruna, que também sonhava com um futuro vivido em desfiles e passarelas, ela dizia:

– Quando eu estiver fazendo sucesso e viajando pelo mundo todo, não vou mandar um postal pra eles. Se eles quiserem ver a minha cara, só ligando a tevê ou me procurando nas revistas. Eu vou morar em Nova York, em Mônaco, sei lá, em algum lugar bem longe daqui.

– Eu vou morar com você – antecipava Bruna, que também não tinha o apoio e a simpatia da família para o seu projeto de se transformar num grande nome da moda internacional.

As duas viviam comprando revistas que publicavam a história e os conselhos das mais badaladas modelos do mundo e ficavam trocando ideias sobre as melhores e as mais rápidas maneiras de chegar aonde queriam: o fechado e invejadíssimo clube das *top models*.

De todos os sacrifícios que uma modelo precisava fazer, o mais insuportável, na opinião de Bruna e Fernanda, era aquele de ficar controlando as calorias. Precisar saber quantos estragos podia causar à silhueta delas um hambúrguer ou um sanduíche de queijo era um suplício que elas gostariam de esquecer. E achar uma delícia saladas de pepino, tomate e alface era uma obrigação que elas prefeririam não lembrar.

Quando conversavam, no intervalo das aulas do nono ano, os assuntos eram dietas miraculosas, tabelas calóricas, produtos dietéticos, regimes milagrosos. Os garotos do colégio viviam zombando:

– Por que vocês não deixam esse papo careta pra daqui a uns vinte anos?

Percebendo a obsessão de Bruna e Fernanda com o peso, havia sempre alguém – às vezes até outra garota, amiga delas – cutucando uma ou a outra:

– São meus olhos, Nanda, ou você está mais gordinha?

– Bru, essa blusa não está um pouco... apertada pra você?

Em casa, quando conseguiam se comportar dignamente diante de uma musse ou de um pudim, os comentários eram:

— Bru, você está doente? Não acredito. Você vai comer só esse tiquinho de musse?

— Eu vou pôr mais um pouco para você, Nanda. Você gosta tanto desse pudim. Estou ficando preocupada com a sua magreza. Você parece um palito.

Um dia, falando desse contraste, Bruna disse:

— Como é mesmo aquela história, Nanda? Preso por ter cão e...

— Preso por não ter – arrematou Fernanda, rindo.

Mas nem sempre viam com bom humor suas contrariedades. O normal era ficarem na defensiva, desconfiadas, se achavam que alguém ia falar daquilo que ocupava a maior parte dos seus pensamentos: a aspiração de um dia aparecerem na capa das mais importantes revistas de moda do mundo. O melhor era não tocarem naquele assunto. Quando elas ousavam dizer que logo estariam em todas as bancas do Brasil e do mundo, o mínimo que recebiam como resposta eram sorrisinhos maldosos.

Por isso, ao sentir que Luísa estava entrando no quarto, Fernanda fechou a revista e deixou virada para cima a contracapa, que exibia uma nova linha de cosméticos, anunciada como a melhor amiga da mulher moderna.

A BOAZINHA
E A BANDIDA

Na família, e até fora dela, Luísa era considerada uma garota muito responsável, muito confiável, muito séria. A mãe, encantada com a boa índole da filha, exagerava tanto nos elogios que eles se tornavam ridículos.

– Ah, que menina de ouro eu tenho em casa. Que orgulho eu sinto de você, minha querida. Treze anos e tanto juízo, já!

E o pai, se alguma ação condenável exigia punição e ainda não se conhecia o seu autor, suspeitava primeiro de Fernanda e depois de Roberto. De Luísa ele não suspeitava nunca.

Certa manhã em que os três filhos estavam na escola, ele, depois de procurar pela casa inteira um bloquinho de anotações, elegeu a culpada:

– Foi a Nanda. Só pode ter sido ela, Nicinha.

Eunice, a mulher, usando a experiência que havia adquirido lendo livrinhos policiais, sugeriu outra hipótese:

– E se foi o Beto?

– O Beto?

– É, Gil. Pode ter sido ele, não pode?

Gilberto coçou a cabeça, pensou um pouco e concordou:

– É. Pode.

Mas logo se arrependeu:

– Acho que não foi ele, não. Acho que foi mesmo a...

Fernanda também era a suspeita, na opinião de Eunice, mas uma dúvida surgiu no espírito dela:

– Para que a Nanda ia querer o seu bloquinho?

Gilberto respondeu com outra pergunta:

– E para que o Beto ia querer o meu bloquinho?

O sumiço do bloco não tinha nenhuma importância. Ninguém sabia direito o que era anotado naquelas páginas. Um dia, Eunice tinha até feito uma brincadeira:

– O que você escreve aí, Gil? Você tem esse bloco faz dez anos e ele não acaba nunca...

Nesse dia, um pouco mais tarde, quando Gilberto já havia saído para o seu trabalho – ele era caixa de uma lanchonete que ficava perto do colégio onde os filhos estudavam –, Eunice, dando uma ajeitada na casa antes de ir para o salão de cabeleireiros do qual era gerente, no meio do jornal de Gilberto encontrou o bloquinho que ele e ela haviam imaginado estar nas mãos de Fernanda ou de Roberto.

O estardalhaço que o marido tinha feito com o sumiço do bloco deixou Eunice curiosa. Há muito tempo, ela havia folheado algumas páginas, mas sem maior interesse. Nessa manhã, ela resolveu dar uma espiada melhor naquilo.

Logo se decepcionou. Havia uma frase aqui, uma ideia ali, um pensamento acolá. De vez em quando, um desenho, um esboço de rosto, um bigodinho, um par de óculos.

Depois de alguns instantes, ela se desinteressou. Pôs o bloco em cima da mesa da sala, bem no centro, para que Gilberto o visse ao chegar, e foi se aprontar para o trabalho. A caminho do chuveiro, imaginou que devia ser muito fácil o dia a dia de Gilberto na lanchonete, para ele ter tempo de ficar escrevendo aquelas bobagens e fazendo aqueles desenhinhos.

O episódio, que se tornou conhecido na história familiar como o dia do desaparecimento do bloquinho, durante muito tempo foi relembrado com gargalhadas. Até Fernanda, quando alguém puxava de volta o assunto, ria gostosamente:

– Já pensou, pai, o perigo que você correu? E se eu pegasse o bloquinho e levasse pra televisão, naqueles programas de escândalos? Imaginou? Os segredos de Gilberto Passos, revelados pela filha!

Nesse tempo, Fernanda ainda não pensava em ser modelo e não tinha sofrido a decepção de ver que os pais e os irmãos encaravam seu projeto como uma baboseira.

Depois do domingo em que ficou claro para ela que se quisesse lutar pelo seu sonho precisaria fazer isso sem o apoio da família, começou a se retrair e a ficar magoada com tudo que diziam dela.

Nunca, antes, ela havia se preocupado muito com a fama de ser a bandida, enquanto a irmã passava sempre por boazinha e tudo de mau que o irmão fazia era considerado normal, porque ele era homem!

Por um desses contrastes tão comuns e tão difíceis de explicar, se as comparações com a irmã já descontentavam Fernanda, também Luísa começava a ficar insatisfeita com a sua auréola de santa.

Tinha percebido que sua fama de garota certinha havia nascido da mania das pessoas de compará-la com Fernanda, como se a irmã fosse a mais abominável das criaturas.

Aquilo não passava de uma injustiça. Fernanda era uma garota comum. Às vezes um tanto rebelde, às vezes meio respondona, às vezes um pouco chata, às vezes intoleravelmente pretensiosa, às vezes lastimavelmente insegura, como qualquer menina de catorze anos, quase quinze.

Luísa, talvez por ter treze anos e ser calada, dava a impressão de ser mais ajuizada. Era comum parentes e amigos dizerem:

– Ela é que parece a irmã mais velha.

Mas ela sabia que onde os outros viam educação, bons modos e juízo havia falta de coragem de tomar certas atitudes e, também, até um pouco de apatia.

Fernanda era mais autêntica, mais sincera e pagava o preço por isso. Se ficava quieta, insistiam para que falasse. Se falava, dizia sempre o que pensava e, então, os pais acabavam achando que pensar não era um exercício muito recomendável para ela.

Fazia bastante tempo que Luísa estava querendo ter uma conversa franca com a irmã, abrir o coração para ela. Tinha decidido que seria naquela tarde. Ao entrar no quarto que as duas dividiam, ainda lembrava com remorso do dia em que Fernanda havia falado do seu sonho de ser modelo e tinha sido tratada como se fosse uma menina boba pelos pais. Naquele domingo, os olhos de Fernanda haviam suplicado socorro e o que ela e Roberto tinham feito? Nada. De Roberto, Fernanda não devia mesmo esperar muito, mas ela se julgava uma traidora, por não ter nem tentado ajudar a irmã. Querer ser modelo era algum absurdo? Ela, às vezes, pensava em perguntar isso aos pais, mas a pergunta era sempre adiada.

Entrando no quarto, sem conseguir parar de pensar como tinha sido mesquinha e covarde naquele domingo, ela notou o movimento rápido com que a irmã fechou a revista. Estava mais do que evidente que Fernanda não confiava nela.

– Posso entrar? – ela perguntou.

– Você já está aqui dentro, não está? – ironizou Fernanda.

O começo não podia ser pior, avaliou Luísa. Rejeitada por Fernanda, como ia conseguir dizer a ela tudo que precisava? E, se a irmã já estava mostrando tanta má vontade, não seria melhor deixar para outro dia aquela conversa em que ela pretendia fazer uma revelação que poderia mudar para sempre as relações entre elas?

– Eu vim falar com você – avisou Luísa.

– Já está falando – disse Fernanda, sem aliviar o tom de ironia.

O REMORSO DE LUÍSA

Quando Luísa entrou no quarto, Fernanda, que estava deitada, sentou-se em cima do travesseiro, acomodou as costas na cabeceira da cama e pôs a revista sobre as pernas.

Aborrecida, por precisar interromper a leitura, havia na sua testa uma ruga tênue e nos cantos de sua boca uns vincos de insatisfação que por alguns instantes a fizeram parecer mais velha, antecipando a bela mulher que ela seria dali a dois ou três anos.

Luísa jamais tinha visto Fernanda tão bonita. A pergunta que havia feito a si mesma um pouco antes voltou ao seu cérebro: querer ser modelo era algum absurdo? Talvez a irmã estivesse três ou quatro quilos acima do peso ideal, mas isso podia ser perfeitamente resolvido em um mês ou talvez até menos tempo.

Sentindo que Fernanda ainda se conservava esquiva, não se sentou ao lado dela. Preferiu sentar-se na própria cama. Sem saber como começar, sorriu sem jeito, simulou uma tosse e sorriu de novo, mais sem jeito ainda.

– Foi isso que você veio me dizer? – escarneceu Fernanda.

Luísa foi obrigada a reconhecer que Fernanda sabia ser desagradável. Enquanto escolhia as palavras, sem conseguir tirar da cabeça o domingo em que ela e a irmã tinham começado a se distanciar, Fernanda lhe deu uma nova espetada:

– Puxa! Tudo isso?

– O quê?

– Estou perguntando se era tudo isso que você queria me dizer.

– Ah, Nanda – queixou-se Luísa –, às vezes você me irrita com essa mania de...

– ... ser má. É isso?

Luísa concordou, com a cabeça, enquanto Fernanda continuava:

– É o meu papel. Aqui em casa não dizem que eu sou a bandida e você é o anjinho? Eu faço o que vocês mandam. Eu sou má, mas não sou desobediente.

Luísa mordeu o lábio e respirou fundo, esforçando-se para reprimir as lágrimas, que estavam à beira dos olhos. Era triste ver a situação entre as duas chegar àquele ponto.

Respirou mais fundo ainda, sentindo que já não era possível esconder a umidade dos olhos. Cenas da infância das duas passaram rapidamente pela sua cabeça: ela e Fernanda andando com suas bicicletinhas no parque, elas ajudando a mãe a enfeitar a árvore de Natal, Fernanda dizendo a ela para não chorar e esfregando água no seu joelho, para curar um arranhão provocado por uma queda.

Tinham sido amigas. Desde o tempo em que ela ainda nem sabia andar direito, Fernanda, protetora, estava sempre por perto, no máximo a dez passos de distância, pronta para ajudá-la se ela caísse ou se aproximasse de algum lugar perigoso.

Quem via as duas se encantava com o zelo de Fernanda:

– Olha lá, que gracinha. Ela parece a mãe da outra.

Luísa lembrava-se com ternura do seu primeiro dia no colégio. A mãe tinha se despedido dela com um beijo e, de repente, ela, um pouco assustada, estava passando pelo grande portão, subindo uma escadinha e chegando a um pátio em que dezenas de garotos e garotas de várias idades se aglomeravam, alvoroçados como um bando de pombos esvoaçando em cima de um punhado de milho.

– Eu quero a mamãe – tinha choramingado Luísa, já quase em pânico.

E Fernanda, carinhosa, havia ficado com ela no pátio até o momento de as classes irem para as salas.

– Você vai gostar – tinha dito ela. – Você vai ver. A sua professora é muito boazinha.

Tinham sido assim, desde quando eram só duas menininhas: inseparáveis durante o dia, em casa ou no colégio. E, à noite, cada uma em sua cama, conversavam até o sono chegar. Tempos felizes, aqueles. Se perguntassem a Fernanda qual a pessoa que ela mais amava, a resposta seria uma palavra de cinco letras: Luísa. E Luísa, se lhe fizessem a mesma pergunta, não teria dúvida: Fernanda.

E, de repente, depois daquele domingo em que Fernanda e o seu sonho haviam sido menosprezados, as coisas começaram a mudar.

Fernanda fechou-se, magoada. Em casa, passou a falar só o indispensável. O pai e a mãe, que ficavam fora o dia inteiro, trabalhando, demoraram um pouco para notar o que estava acontecendo com ela e resolveram dar um tempo: logo tudo voltaria ao normal. Aquelas mudanças de humor e de atitude eram comuns nos adolescentes.

Roberto, que nunca se preocupava com os problemas dos outros, jamais se interessou em saber por que a irmã andava emburrada. Começou a chamá-la de Mudinha e não pareceu sentir nenhuma falta das conversas com ela, nem em casa nem no colégio, onde ele cursava o sétimo ano e Luísa estava no oitavo.

Luísa foi quem mais sofreu com a frieza de Fernanda. No início, assim como os pais, ela imaginou que aquilo não ia durar muito e não insistia quando a irmã, para não falar com ela, fingia não ouvir o que ela dizia. Durante o dia, não trocavam mais do que uma dezena de palavras. No colégio, Fernanda se isolava com o namorado, Mateus, e com Bruna, que cursavam, como ela, o nono ano.

Mas era à noite que Luísa sofria mais. No quarto, lembrando-se das conversas antigas e das confidências que faziam antes de dormir, ela tentava redescobrir o caminho para o coração da irmã. Mas Fernanda continuava ressentida e dava a impressão de que ficaria assim para sempre. Depois de uma tentativa ou duas, Luísa perguntava se podia apagar a luz. Fernanda não respondia, ela apagava a luz e sufocava a vontade de chorar.

Com o tempo, Luísa começou a achar que o castigo imposto a ela pela irmã era excessivo e, zangada, decidiu não fazer mais nenhum esforço para se reconciliar com ela. Quem aquela boba pensava que era? Se queria bancar a durona, logo ia descobrir que ser durona não era privilégio dela.

– Não quero saber mais dela – prometeu Luísa a si mesma.

Vinha mantendo essa promessa e, se agora estava no quarto, escolhendo palavras para dizer à irmã, era porque havia um fato novo, um acontecimento que ela precisava contar a Fernanda e não sabia como.

Ameaçando pegar de novo a revista, Fernanda olhou para Luísa e, como se lhe desse a última oportunidade, perguntou:

– E aí?

Luísa suspirou. Daria qualquer coisa para adiar aquele momento, mas sabia que era impossível.

– Eu preciso te contar uma coisa – ela disse.

– E o que você está esperando?

O ÍDOLO DE ROBERTO

Enquanto Luísa começava sua conversa decisiva com Fernanda, o irmão das duas estava na casa de seu maior ídolo: um colega do sétimo ano chamado Rodrigo. Ultimamente, em cada cinco palavras que pronunciava, uma era Rodrigo. Rodrigo fez isso, Rodrigo vai fazer aquilo, Rodrigo, Rodrigo, Rodrigo.

Os amigos de Roberto viviam dizendo que, quando crescessem, gostariam de ser jogadores de futebol, ou cantores, ou pilotos da Fórmula Um. E citavam nomes, garantindo:

— Um dia eu vou ser como ele.

Às vezes, perguntavam a Roberto:

— E você, Beto? O que você vai ser?

Ele não respondia nada, tentava desconversar. Quando insistiam muito, dizia:

— Huumm, eu ainda não pensei nisso. Não sei.

Mas ele sabia. Ao contrário dos outros garotos, ele não fazia questão de crescer. Podia muito bem ficar com aquele tamanho mesmo e aquela idade. Só que, em vez de se chamar Roberto, gostaria que seu nome fosse Rodrigo. E, além do nome, queria ter outras coisas de Rodrigo. Se perguntassem a ele o que mais admirava em Rodrigo, Roberto diria duas ou três palavras, como inteligência, coragem, talvez liderança, mas depois resumiria: tudo. Para ele, tudo em Rodrigo era perfeito.

Outros garotos do sétimo ano, até alguns dos melhores alunos da classe, também achavam isso. Os professores estranhavam aquilo: o menos estudioso e o menos brilhante de todos era o líder, o chefe da turma.

Na sala de aula, Rodrigo não se manifestava. Sentava-se no fundo e, se chamava a atenção, era pela indolência, pela falta de interesse, pelos bocejos, às vezes tão altos que provocavam risos dos colegas e advertências dos professores. Um deles, o de Geografia, numa dessas ocasiões tinha sido irônico:

– Parece que há um leão aqui dentro da classe. Vocês ouviram?

Gargalhando, todos viraram o rosto para trás, enquanto o professor prosseguia:

– Rodrigo, você ouviu?

Rodrigo não respondeu. O professor voltou a perguntar:

– Você ouviu, Rodrigo?

– Não.

– Nós ouvimos, não ouvimos? – o professor consultou os garotos e as garotas.

O joguinho estava agradando à classe.

– Ouvimos, ouvimos – confirmaram todos.

– Era um leão ou não era?

A excitação na sala aumentou.

– Era!!!

– Vamos ver se vocês conhecem as vozes dos animais. Não tem nada com Geografia, mas...

A algazarra diminuiu. Havia um começo de decepção nos alunos. A brincadeira estava indo tão bem e, agora, que história era aquela de vozes de animais?

– Geografia eu sei que vocês não conhecem... Vamos ver se vocês são bons em português. O cachorro...

– ... late – completaram todos, com exceção de Rodrigo, que não estava gostando nada daquilo.

– O passarinho...

– ... gorjeia – disseram alguns.

– O peru...

– ... grasna – concluíram três.

– E o leão...

– ... ruge – gritou uma dezena de vozes.

– Isso – aplaudiu o professor. – Muito bem. O leão ruge. E, às vezes, um aluno ruge também. Não é mesmo, Rodrigo?

A classe toda riu e, quando já parecia derrotado, Rodrigo mostrou que podia não ser estudioso, mas inteligência não lhe faltava. Depois que o som das gargalhadas cessou, ele ergueu a mão, pedindo licença para falar, e comentou, bem-humorado:

– Aluno ruge, mas não morde, professor.

A classe voltou a cair na gargalhada e até o professor riu. Tinha sido uma boa piada, era preciso reconhecer.

– Rodrigo – disse ele – se você estudasse um pouco, só um pouquinho...

– ... eu podia ser professor – brincou Rodrigo, provocando novos risos, agora mais fortes.

O professor balançou a cabeça, como se dissesse que aquele era um caso perdido, e voltou a explicar o ponto do dia, enquanto os garotos e as garotas olhavam com admiração para Rodrigo. Roberto, que se sentava ao lado do seu ídolo, fez sinal de positivo e, enquanto o professor se virava de frente para o quadro-negro, deu uns tapinhas no ombro de Rodrigo.

Era sempre assim, desde que, no ano anterior, Rodrigo, indo morar no bairro, tinha se matriculado no colégio: Roberto permanentemente disposto a aplaudir tudo que ele fizesse. E Rodrigo fazia tudo no colégio, desde que não fosse nada relacionado com grupos de estudos, feiras de ciências ou gincanas culturais. Para o resto, ele estava sempre pronto: organizar jogos de futebol no pátio, mesmo que a bola fosse uma lata ou uma tampinha; promover badernas e correrias em volta do colégio, depois das aulas; pichar os muros das redondezas;

desafiar os garotos da outra escola do bairro, que ficava a cinco quarteirões do colégio deles.

Roberto, cada vez mais empolgado com o colega, estava começando a trocar sua posição na plateia por um lugar de coadjuvante nos espetáculos de Rodrigo. Tinha já duas aventuras e dois sustos no currículo: uma fuga por uma dezena de ruas, perseguido por dois homens, furiosos porque ele e Rodrigo tinham sido apanhados marcando seus nomes na porta de uma garagem; e uma briga que Rodrigo tinha iniciado com dois garotos do outro colégio e na qual ele e o amigo de repente se viram cercados por mais três adversários e só não apanharam porque algumas pessoas haviam chegado para acabar com a confusão.

Agora, depois desses dois testes, ele se julgava preparado para missões mais importantes e arriscadas. Rodrigo tinha a mesma opinião e, naquela tarde, havia chamado Roberto à sua casa para lhe expor dois planos.

Sentado na frente do prédio, sentindo a importância de estar recebendo instruções do chefe, Roberto ouvia com atenção.

– O primeiro vai ser a maior moleza – avaliou Rodrigo. – Mas o segundo vai ser meio perigoso.

Ansioso, Roberto quis saber:

– Perigoso?

– É.

– Mas o que nós vamos precisar fazer?

– Depois eu conto, Beto. Devagar. Antes, vamos planejar o primeiro. Certo?

Roberto percebeu, pelo jeito de Rodrigo, que do desempenho dele no primeiro plano ia depender sua participação no segundo.

– Certo – ele respondeu, obediente.

– Lembra do que o Paulinho Girafa fez com a gente na olimpíada?

– Lembro. Claro.

Como Roberto poderia esquecer aquele episódio tão recente e que tinha ficado preso na garganta dele, de Rodrigo e de todos os alunos do sétimo ano?

Anualmente, os dois colégios do bairro faziam uma olimpíada, com jogos de futebol de salão, voleibol, basquete, handebol. A competição era realizada cada ano em um colégio. Naquele, tinha sido disputada no colégio de Rodrigo e Roberto e, no jogo de futebol de salão dos sétimos anos, eles haviam passado por uma grande humilhação. Tinham perdido de 3 a 0, com três gols marcados por um garoto alto e pescoçudo, Paulinho Girafa, que no último minuto da partida havia feito a torcida do seu colégio urrar de entusiasmo, com uma dezena de firulas e embaixadinhas, acompanhadas por gritos de olé, olé, olé.

Depois, ele tinha levado a bola até o lado em que estavam os torcedores do colégio de Rodrigo e Roberto e, batendo a mão no peito, havia gritado:

– Seus trouxas.

A namorada de Rodrigo, indignada, berrou um monte de palavrões para Paulinho Girafa. Paulinho, sarcástico, mandou alguns beijinhos para ela e, depois, chutou a bola na sua direção:

– É sua, princesa.

Rodrigo pulou em cima dele e o juiz, depois de expulsar os dois, acabou o jogo.

Rodrigo tinha prometido a mais cruel das vinganças. Mas, com a passagem do tempo, Roberto imaginou que ele nem estivesse pensando mais naquilo.

Agora, sentado no murinho do prédio de Rodrigo, ele descobria, orgulhoso, que seu ídolo continuava disposto a fazer Paulinho Girafa pagar por aquela desfeita e, para isso, contava com a ajuda dele:

– Está na hora de dar o troco naquele cara. Você topa?

IRMÃ, NÓS PRECISAMOS CONVERSAR

Aos poucos, a tensão e o mau humor deixaram o rosto de Fernanda e ela, com as costas apoiadas na cabeceira da cama e as pernas esticadas, com a revista sobre elas, parecia a mesma garota alegre e despreocupada de outros tempos, que não tinha segredos para Luísa e gostava de conversar com ela, a qualquer hora do dia ou da noite.

Parecia um pouco menos difícil agora, para Luísa, fazer o que precisava. Mas ela sabia que não podia ser direta. Qual seria a reação da irmã se ela, sem mais nem menos, dissesse por que havia insistido em ter aquela conversa?

– Que capa bonita – ela elogiou, apanhando a revista.

– É.

– Quem são essas aí? Nossa, que lindas! Essa loira eu conheço. É a...

Fernanda enfiou a revista embaixo do travesseiro:

– É. É ela. A maior modelo do mundo. E as outras três também são. Mas isso não interessa a você. São só umas idiotas que você, o Beto, a mamãe e o pa...

– Ah, Nanda, como você é injusta. Eu nunca falei nada sobre isso.

– É, não falou. Você deixou a mãe me massacrar, e o pai também, e ficou ali com essa cara de sonsa, como se fosse uma surdinha. Você e aquele imbecil do Beto. Vocês são os irmãos que qualquer garota gostaria de ter, sabia?

Luísa não respondeu. Fernanda estava certa, não havia como negar. Desde a época em que eram duas menininhas, elas haviam prometido mais de mil vezes que uma sempre defenderia a outra, em todas as situações. E, no primeiro teste sério, na primeira oportunidade de provar que a irmã podia confiar nela, o que ela fazia? Não fazia nada. Permanecia em silêncio, enquanto Fernanda era julgada pelo tribunal familiar e condenada por admitir que seu sonho era ser modelo. E teria sido tão fácil, para Luísa, dizer a frase que desde aquele domingo não saía de sua cabeça:

– Ser modelo é um absurdo?

Se tivesse dito isso, talvez não conseguisse mudar a opinião do pai e da mãe, mas não estaria sofrendo o olhar de desconfiança da irmã. Mas, em vez de ficar do lado de Fernanda, ela havia preferido manter a fama e a glória de ser uma garota que respeitava os princípios familiares.

Enquanto tudo isso – as lembranças, as emoções e o arrependimento – passava por seu cérebro, Fernanda havia fixado os olhos nela, como se tivesse descoberto alguma coisa nova no seu rosto. Depois, disse:

– Sabe que você podia ser também?

– O quê?

– Você também podia ser modelo.

Luísa estava surpresa, quase espantada. Fazia muito tempo, desde o malfadado domingo, que Fernanda não lhe dirigia uma palavra agradável.

– Ah, isso não vale, Nanda – ela protestou. – Qual é a sua? É feio ficar aí gozando a minha cara.

– Eu não estou brincando – disse Fernanda. – Você podia ser uma modelo, sim. Você é... mais bonita do que eu.

– E menos mentirosa – riu Luísa.

As duas tiveram ao mesmo tempo o impulso de se atirar nos braços uma da outra, como costumavam fazer nos bons tempos. Ficaram só no impulso. Os efeitos daquele domingo ainda não tinham cessado. Mas Luísa sentiu que uma parte do ressentimento da irmã havia se dissipado. Era aquele o momento de falar.

– Eu preciso te contar uma coisa.

Fernanda sorriu:

– Outra vez?

– Outra vez? – repetiu Luísa. – Eu ainda não contei nada...

– O que eu quero dizer é que isso está parecendo uma gravação. Você já disse isso faz um tempinho, lembra? Por que você não dá uma acelerada no vídeo?

– Você está certa. Eu vou contar e é já. O...

O celular de Fernanda tocou. Ela foi andando com ele até a sala.

– Droga – murmurou Luísa. – Justo agora que eu ia contar aquilo...

A demora de Fernanda – três minutos, cinco, sete, dez? – indicava que ela estava falando com Mateus.

– Droga – murmurou de novo Luísa. Tomara que ele não faça a besteira de se abrir sobre aquele assunto

Quando voltou para o quarto, Fernanda estava apressada. Abriu o armário e começou a mexer nas roupas.

– Você vai sair? – perguntou Luísa.

– Vou. O Mateus quer se encontrar comigo, lá no *shopping*. O que você queria me dizer? Pode ir falando, enquanto eu me visto.

– É melhor a gente deixar a conversa pra quando você voltar.

– Eu não entendo mais nada. Você estava tão ansiosa e agora... O que aconteceu?

– Agora eu não estou mais tão ansiosa. Só isso. Olha, essa blusa está com um fiapo no ombro. É. Aí.

Fernanda saiu, mais bela do que nunca. Luísa folheou a revista da irmã. As quatro modelos estavam deslumbrantes.

Mas, antes das fotos, por quantas horas de maquilagem, de tratamento de unhas e cabelos elas haviam passado? Quantas pessoas tinham cuidado delas?

Com um pouco menos de peso e uma equipe para cuidar da sua pele, dos seus cílios, das sobrancelhas, do batom certo, do esmalte ideal, Fernanda ficaria igual a qualquer uma daquelas quatro.

Com essa certeza, Luísa se lembrou de algumas pessoas que às vezes diziam:

– Nossa! A Nanda e a Lu parecem gêmeas, não parecem?

Picada pela vaidade, ela abriu a porta do armário, para se olhar no espelho interno. Depois de se examinar em vários ângulos por dois ou três minutos e de sorrir para a sua imagem, concluiu: Fernanda era muito mais bonita. E era também mais gentil, mais sincera, mais tudo.

Quem, tendo uma garota como ela, ia pensar em outra? Só um louco. Com essa ideia na cabeça, Luísa lembrou-se de três palavrinhas que Mateus tinha dito a ela naquela manhã, no colégio, e falou baixo, para si mesma: só um louco, só um louco.

De repente, como se estivesse no meio de um incêndio e precisasse chamar o resgate, ela pegou o celular.

UM PLANO GENIAL

À medida que Rodrigo ia explicando os pontos do seu plano para obrigar Paulinho Girafa a pagar caro pelas gracinhas que tinha feito no jogo de futebol de salão na olimpíada, Roberto ia ficando mais orgulhoso do chefe e mais ansioso para assumir seu papel no esquema armado por ele.

– Que ideia, Rodrigo, que ideia – ele exclamou, ao ouvir os últimos detalhes da trama. – Como você bolou isso? É demais. Você é um gênio. O Girafa vai ficar uma fera.

– É, acho que sim – concordou Rodrigo, com modéstia. – Vai dar certo. Mas depende muito de você.

– Deixa comigo. Eu sei o que preciso fazer. Vai ser hoje?

– Quanto antes, melhor. Toda vez que eu lembro daquele cara fazendo embaixadinha, tirando uma com a gente e chutando a bola em cima da Daiane, eu viro um bicho. Ele vai me pagar com juros. Ele e a Jéssica, aquela idiota da namorada dele, que ficou rindo lá na torcida. Ah, que raiva dos dois!

– Vamos lá hoje, então? – incitou Roberto.

– Vamos – confirmou Rodrigo, enchendo Roberto de orgulho.

Subiram para o apartamento de Rodrigo, que pegou uma folha de papel, uma canetinha, puxou uma cadeira para Roberto, abriu espaço na mesa e disse:

– É melhor você escrever. A minha letra é uma porcaria.

Compenetrado, Roberto segurou a caneta e ficou esperando. Depois de dar algumas voltas pela sala, com as mãos nas costas e pose de grande concentração, Rodrigo começou:

– Põe aí: "Jéssica, meu amor."

Roberto caprichou na letra, como se fosse o namorado de Jéssica.

– E o que mais? – perguntou, olhando para Rodrigo, que tinha recomeçado a andar pela sala, em busca de inspiração.

– Espera um pouco, Beto, espera um pouco. Ah, já sei. Pula umas dez linhas e escreve: "Os beijos que você me deu"...

– Os beijos que você me deu – repetiu Roberto, enquanto escrevia. – E o que mais?

– Calma. Eu estou pensando. "Os beijos que você me deu... encheram minha boca de mel."

– Encheram minha boca de mel. Ponho ponto ou continuo?

– Pode pôr ponto.

– Já pus. E agora?

Rodrigo continuou seu giro pela sala:

– Espera. Me deixa pensar. Carta de amor não é fácil.

Depois de mais meia dúzia de giros em torno da mesa, ele pôs a mão no encosto da cadeira, olhou por cima do ombro de Roberto e ditou:

– "Você vai ter sempre um lugar no meu coração."

Enquanto escrevia, Roberto comentou:

– Bonito. Você é um poeta, Rodrigo. Puxa! Vai mais alguma coisa?

– Pula umas linhas e põe aí embaixo: "Mil beijos do Paulinho."

Roberto terminou e passou a folha a Rodrigo. Depois de ler, Rodrigo dobrou a folha e a enfiou em um envelope:

– Coloca aí: "Para a Jéssica."

Em letras maiúsculas, Roberto escreveu as três palavras, distribuídas harmoniosamente no centro do envelope. Depois, consultou Rodrigo:

– Vai passar cola?

– Não, cara. Já esqueceu do plano? Precisa ficar bem fácil de abrir.

– É mesmo. Como eu sou burro – desculpou-se Roberto.

– Nós vamos agora?

– Deixa ver que horas são. É cedo ainda. A Jéssica e a mãe vão buscar a irmãzinha da Jéssica no colégio às cinco horas.

A gente saindo às quatro e meia dá tempo. Enquanto isso, vamos repassando o plano, pra não dar nenhum furo.

Às quatro e meia, pegaram o elevador com a convicção de que, dali a trinta minutos, estariam vingados de tudo que Paulinho Girafa tinha feito com eles.

O porteiro, quando os dois passaram por ele, ouviu Rodrigo dizer a Roberto:

– Aquele cara nunca mais vai ter coragem de mexer com a gente.

O homem tentou imaginar o que eles estavam aprontando. Não chegou a uma conclusão, mas Rodrigo e Roberto pareciam tão zangados que ele disse, baixo:

– Eu não queria ser o tal cara. Acho que vai sobrar uma podre pra ele.

O MISTERIOSO MATEUS

Indo para o *shopping*, ao encontro de Mateus, Fernanda foi pensando no que podia ter acontecido com o namorado para ele fazer tanta questão de vê-la.

– Eu preciso falar com você, já – ele tinha dito ao telefone.

– Então aproveita, que eu estou ouvindo – ela havia brincado.

– Quero falar olhando nos seus olhos.

– Pode ficar sossegado, que eu levo os dois comigo.

Mateus nem sempre gostava das brincadeiras dela e às vezes os dois até brigavam por isso. Ela prometia se corrigir, mas acabava esquecendo a promessa.

– O direito e o esquerdo, não necessariamente nessa ordem.

Para não soltar os palavrões que estavam fazendo cócegas na sua garganta, ele não respondeu.

– Ei, Má, o que aconteceu? – estranhou ela. – Você ficou mudo, é? Ei, ei, alô. Alô. Você está aí ou foi ver se eu estou na esquina?

– Eu estou aqui, mas não sei por quanto tempo – ele disse finalmente, com uma voz tão irritada que Fernanda desistiu de continuar com a brincadeira.

– Você me desculpa, Má? Eu prometo que... – ela parou, lembrando-se de tantas promessas não cumpridas.

– Você me perdoa, não perdoa? – ela insistiu.

– Quando você vai perder essa mania de bancar a engraçadinha?

– Engraçadinha, eu? Aqui em casa, todos dizem que eu sou mal humorada e chata.

– Chata você é mesmo, quando começa com essas tiradinhas.

– Está bom, está bom. Eu já pedi desculpas, não pedi? Por que você está assim nervoso? Já hoje cedo você...

– Esquece, esquece. Não vamos mais perder tempo. Quando eu posso te ver?

– Quer vir aqui?

– Não. Acho melhor em outro lugar.

– Tudo bem. Onde?

– Pode ser no *shopping*?

– Claro. Quando?

– Em vinte minutos eu chego lá, Nanda. Está bom pra você?

– Sem problema.

– Até já, então.

Descendo a rua que levava ao *shopping* e lembrando-se da conversa, Fernanda tentou convencer-se de que aquele repentino impulso de se encontrar com ela era um sinal de que Mateus estava com muita saudade.

Tinham se visto de manhã, no colégio, mas haviam conversado pouco, no intervalo das aulas. Mateus lhe pareceu esquisito. Enquanto estavam no cantinho do pátio em que gostavam de ficar, ele ficou olhando para todos os lados, esquivo, como se procurasse alguém. Fernanda perguntou o que ele tinha. Ele respondeu que não tinha nada, mas continuou aéreo, olhando para tudo e para todos, menos para ela.

Aquilo foi muito para Fernanda. Irritada, deixou Mateus sozinho e resolveu procurar Bruna, para conversar com ela. Não precisou ir longe. Esbarrou nela assim que deu dois passos. Ao lado da amiga, estava Luísa.

Sem dar atenção à irmã, ela puxou Bruna pelo braço e a levou para o canto oposto do pátio:

– O que você estava falando com aquela tonta da Luísa?

– Ah, nada especial. Só umas... coisinhas. Umas... bobagens. Você brigou com o Mateus?

– Briguei. Ele... Você não acha que ele anda estranho, Bru?

– Um pouco. E acho até que sei por quê.

Fernanda apertou o braço de Bruna:

– Você sabe de alguma coisa que eu não estou sabendo?

– Eu? Não – vacilou Bruna. – É só um palpite.

– Palpite?

– É. Acho que são as provas. O fim do ano está aí e...

– É, pode até ser. Ele é meio marcha lenta no estudo e, na hora H, é sempre aquele sufoco.

Tinham conversado mais um pouco e havia ficado em Fernanda a impressão de que a amiga queria dizer mais alguma coisa. Agora, já chegando à rua do *shopping*, a lembrança do jeito do namorado, de manhã, e o seu mau humor ao celular, depois, punham nela a sensação de que podia haver alguma surpresa à espera dela.

Curiosa e preocupada, apressou o passo. A poucos metros da frente do *shopping*, não viu Mateus. Mas a garota que estava num dos degraus da escadaria era muito conhecida dela. Era Bruna.

UMA CARTA PARA JÉSSICA

Rodrigo e Roberto chegaram ao colégio às quatro e cinquenta. Ficaram espiando de longe, quase escondidos. Receavam ser vistos por Paulinho Girafa. Sabiam que a mãe de Jéssica não queria ver a filha andando com ele e estava até pensando em transferi-la da escola no fim do ano.

Mas sabiam também que, louco por Jéssica, Paulinho dificilmente ia se contentar em ver a namorada só de manhã. Era quase certo que, à tarde, ele ficasse atrás de uma árvore ou de um poste, mesmo que fosse só para dar um tchau e mandar um beijinho para a namorada.

Na frente do colégio, começavam a se formar pequenas aglomerações. Eram grupos de mães que iam esperar a saída dos alunos menores.

– Olha, olha ali – apontou Rodrigo. – Elas chegaram, Beto. A Jéssica e a mãe.

Roberto olhou para a garota gordinha e bonita e para a mulher alta e também gorducha que tinham se juntado a um dos grupos.

– Você viu? Você viu? Aquelas duas ali – insistiu Rodrigo, agitado.

– Vi. Fica frio – disse Roberto, apertando o envelope e sentindo um desagradável e vexatório tremor nas pernas.

– Então, agora é com você.

– Eu sei.

– O quê? Fala mais alto.

– Eu sei – repetiu Roberto, tentando fazer a voz parecer menos insegura. – Deixa comigo.

– Então vai.

Roberto deu dois passos, Rodrigo o chamou:

– Espera.

– O que é?

– O importante é não esquecer aquele lance, entendeu?

– Pode ficar tranquilo. Eu não vou falhar.

Roberto deu mais dois passos. Estava na beira da calçada, pronto para começar a atravessar a rua, quando Rodrigo o segurou pelo ombro e recomendou:

– Você encosta do lado da Jéssica e dá um minutinho, pra mãe perceber que você está ali e ficar desconfiada. Aí você começa a olhar de um lado pro outro, fingindo que está nervoso.

– Eu não vou precisar fingir – conseguiu brincar Roberto.

– Então – continuou Rodrigo –, você fica mexendo no envelope. Quando a mãe olhar pra você, aí você pega o envelope e, antes de entregar pra Jéssica, deixa ele cair no chão. Assim não tem erro. A mãe só não vai ver se for cega. Compreendeu bem?

– Compreendi – respondeu Roberto, deixando passar dois carros e começando a atravessar a rua.

Pela primeira vez, desde que conhecia Rodrigo, estava irritado com ele. Por que ele precisava repetir aquelas recomendações que tinha feito e refeito uma dúzia de vezes? Ele achava que estava falando com quem? Com um idiota? Se não confiava nele, por que não tinha procurado outro? Ou, então, por que não ia entregar ele mesmo o envelope?

Rodrigo tinha dito que só não se encarregava de executar o plano porque Jéssica e a mãe o conheciam e, assim, a farsa logo ia ficar evidente.

Tinha lógica aquilo, reconheceu Roberto, acabando de chegar ao outro lado da rua e já de novo curtindo o orgulho por participar de uma trama planejada com tanto brilho.

Na calçada, aproximou-se do grupo em que estavam Jéssica e a mãe. Parou ao lado da garota e, para chamar a atenção da mãe, se pôs a assobiar. O assobio não estava previsto no plano de Rodrigo, mas, quando tudo tivesse acabado e fosse a hora de festejar o sucesso da ideia, Roberto esperava que sua criatividade e seu talento recebessem nota dez do chefe.

Jéssica olhou para ele e no rosto dela dava para se ler uma frase:

– Quem é esse cara que assobia tão mal?

A mãe virou-se para Jéssica e a pergunta que parecia estar com vontade de fazer era:

– Filha, você conhece esse cara que assobia tão mal?

Continuando a interpretar seu papel, ele começou a bater o envelope na perna, procurando fazer o máximo barulho.

Quando notou que mãe e filha apostavam para ver qual das duas fazia a cara mais feia para ele, Roberto deixou cair o envelope.

– Droga – ele disse, abaixando-se.

Levantou-se, bateu as costas da mão no envelope, como se estivesse limpando alguma sujeira, e o passou para Jéssica, esforçando-se para dar a impressão de que fazia aquilo furtivamente.

O efeito foi melhor do que o esperado. Pegando o envelope, surpresa, Jéssica fez a mais óbvia das perguntas:

– É pra mim?

Nesse momento, a mãe tirou bruscamente o envelope da mão da filha, enquanto Roberto, andando cada vez mais rápido, se afastava.

Sem olhar para trás, voltou para o lugar em que Rodrigo estava escondido e, ansioso, quis saber:

– E aí? Fui bem?

– Beleza. Olha lá.

A mãe de Jéssica, com a carta na mão esquerda, sacudia com a direita o braço da filha.

– Vamos embora, Beto. Deu certo – comemorou Rodrigo, com um soco no ar.

Esgueirando-se como dois bandidos, viraram a esquina.

– Deu certo, deu certo – continuava festejando Rodrigo. – A mãe da Jéssica vai dar a maior dura nela.

– É isso aí. Acho que agora o Girafa está ferrado mesmo – disse Roberto, rindo.

– Corre, corre! Sujou! – mandou Rodrigo, dando um tapa nas costas de Roberto e saindo em disparada.

Roberto obedeceu. Tinha corrido uns dez metros quando se arriscou a virar o rosto. Atrás deles, com cara de cão raivoso e chegando cada vez mais perto, vinha Paulinho Girafa.

A BABÁ DE MATEUS E FERNANDA

Fernanda subiu até o degrau em que Bruna estava, na escadaria do *shopping*. O sol, fraco, não conseguia atravessar as nuvens, e Fernanda, ao abraçar a amiga, estranhou que ela estivesse suada. Estranhou também que ela não parecesse nem um pouco surpresa ao vê-la chegar.

— Oi, Bru, o que aconteceu? Você adivinhou que eu vinha aqui?

— É isso aí. Você sabe que eu sou meio bruxa.

A respiração de Bruna estava acelerada, como se ela tivesse acabado de correr. E nos seus olhos havia uma ansiedade que Fernanda notou logo ao chegar e que foi confirmada pelas seguidas consultas que ela fazia ao relógio, no pulso.

— Você está esperando alguém? — perguntou Fernanda.

— Eu? Não — disse Bruna, olhando outra vez para o relógio.

— E você?

– Eu marquei encontro com o Mateus.

– Ah, é? Nossa, que coincidência, nós três aqui. Isto aqui está parecendo uma filial lá do colégio.

– É – riu Fernanda. – Se os alunos e os pais resolverem não vir mais aqui, o *shopping* fecha em um mês.

– Ah, Nanda, fechar o *shopping*? Nem pensar. Imaginou a gente sem essas lojas, sem as lanchonetes, sem os cinemas? Sem...

– Sem a livraria – completou Fernanda. – Já pensou a minha irmãzinha querida, aquela cê-dê-efe, sem a livraria?

– Puxa, você não para mesmo de pegar no pé da Lu, hein?

– Até que eu estou maneira com ela, Bru. Agora mesmo, antes de vir pra cá, eu estava falando com ela numa boa.

– Ela é legal, Nanda.

– Ela é. Mas você sabe qual é a minha bronca com ela.

– Eu sei. Mas foi só aquilo, não foi?

– Foi.

– Então perdoa.

– Eu já perdoei. Foi um grilo meu. Eu fiquei chateada com ela, por causa da pegação do meu pai e da minha mãe no meu pé. Depois, quando eu estava passando uma borracha em tudo, foi ela que ficou chateada comigo. Aí eu resolvi dar um tempo, sabe como é?

– Sei. É, como se fala?, pra valorizar o perdão. É isso?

– Mais ou menos.

– Ah, você, Nanda, é...

A interrupção da frase e o rápido movimento dos olhos da amiga na direção do primeiro degrau da escadaria fizeram Fernanda virar o rosto, curiosa. Era Mateus chegando.

Ele beijou as duas e estranhou a presença de Bruna:

– Você aqui? O que está acontecendo? O colégio mudou pra cá?

As duas riram.

– Era o que a gente estava falando agora mesmo – disse Bruna. – Foi ou não foi?

– Foi. Acho que ele estava escutando tudo, escondido. Fala a verdade, vai.

– Até que era uma boa a escola mudar pra cá – brincou Mateus. – A área de lazer aqui é muito maior do que aquele nosso pátio.

– Maior e melhor – comentou Bruna. – É ou não é?

– Ô! – respondeu Fernanda.

Mateus olhou para Fernanda, Fernanda olhou para Mateus. Quem tomaria a iniciativa de dizer a Bruna que os dois gostariam de ficar sozinhos?

– Vamos dar uma volta aí dentro, Nanda?

Fernanda admirou a habilidade de Mateus. Ele podia ter sido um pouco grosseiro, com aquele convite dirigido só a ela, mas era impossível negar que tinha sido direto.

– Vamos – disse Fernanda, aceitando a sugestão, sem compartilhar o convite com Bruna.

Até um imbecil entenderia o recado e Bruna era uma garota inteligente. Mas até uma garota inteligente podia ter um mau dia, como Fernanda e Mateus logo viram.

Quando Fernanda beijou a amiga, esperando que depois disso ela desse um tchau e fosse embora, teve uma grande surpresa.

– Ei, qual é, Nanda? – perguntou Bruna. – Não acredito. Você está me dispensando?

Sem jeito, Fernanda protestou:

– Não. O que é isso? Eu não falei nada. Falei, Má?

Resignado, Mateus balançou a cabeça:

– Não.

Andaram pelo primeiro piso. Depois, pegaram a escada rolante e foram para o segundo piso. Andaram também por ali, falando de vários assuntos, menos daquele que interessava a Mateus e Fernanda.

Subiram para o terceiro piso, onde ficavam a praça de alimentação e os cinemas. Tomaram sorvete, andaram, conversaram. Fernanda e Mateus pareciam ter a esperança de vencer Bruna pelo cansaço: a qualquer momento, ela diria que era tarde e iria embora. Mas ela não disse, nem foi.

Estavam no *shopping* fazia mais de uma hora e Bruna continuava dando a impressão de que pretendia ficar ali até o fim dos séculos.

Fernanda resolveu tentar uma nova cartada. Diante de um dos cinemas, apontou o cartaz:

– Olha, Má. Aquele filme que a gente estava querendo ver.

Mateus entendeu o toque:

– É mesmo, Nanda. Olha. A gente podia ver agora.

Imaginavam que, depois disso, Bruna se despediria deles e, finalmente, iria embora.

Imaginaram errado. Bruna, entusiasmada, exclamou:

– Eu também estou louca de vontade de ver esse filme.

Era demais. Como eles nunca tinham reparado que Bruna era uma chata? Mateus olhou para o horário na bilheteria e disse:

– Só se for outro dia. O filme dura uma hora e meia. Não dá. Vai ficar muito tarde pra mim.

Andaram mais um pouco, entraram em duas ou três lojas e, uma hora depois, Mateus despediu-se das duas e foi embora.

Dizendo que era cedo, Bruna decidiu acompanhar Fernanda. Quando chegaram à frente do prédio, Fernanda perguntou se ela queria dar uma subidinha e tomar um refrigerante. Ela aceitou.

No apartamento, enquanto Fernanda ia pegar o refrigerante na geladeira, Bruna fez sinal de positivo para Luísa, que, sentada no sofá, lia um livro. Aliviada, Luísa disse baixo:

– Obrigada.

Depois de tomar um copo de coca-cola, Bruna disse que estava com pressa e precisava ir. Fernanda foi com ela até o elevador. Quando a amiga desceu, ela voltou, sentou-se ao lado de Luísa, no sofá, e desabafou:

– Não dá pra entender a Bruna. Sabe o que ela devia ser? Babá. É. Babá. Ela apareceu lá no *shopping*, não desgrudou de mim e do Mateus um instante, disse que não tinha o que fazer em casa e quis vir comigo até aqui. De repente, descobriu que estava com a maior pressa do mundo. Ela é louca ou não é?

Luísa riu. Dizendo a ela que podiam enfim ter a conversa tão adiada, Fernanda entrou no banheiro e avisou:

– Um segundinho só.

Luísa aproveitou e, rezando para não ser apanhada em flagrante pela irmã, ligou para Mateus.

Quando ele atendeu, ela mentalmente deu graças a Deus. Sem tempo para divagações, foi logo ao ponto:

– Preciso falar rápido. É o seguinte. Se você falar aquilo pra Nanda, nunca mais eu olho na sua cara. Nunca mais. Entendeu?

– Eu...

– Você precisa me dar um tempo. Eu estou confusa com aquilo que você me disse. E aí, se for o caso, nós dois juntos falamos com a Nanda. Eu não posso magoar a minha ir... Eu preciso desligar. Compreendeu o que eu disse?

– Compreendi.

– Tudo certo, então?

– ...

– Eu perguntei se está tudo certo.

– Tudo certo.

Ela conseguiu desligar o telefone antes de Fernanda voltar para a sala.

FUGINDO COMO LADRÕES

Houve um momento em que Roberto, já sem fôlego depois de correr dois quarteirões, perseguido por Paulinho Girafa, pensou em parar. A dor nas pernas era agudíssima e o peito dava a impressão de que ia expulsar os pulmões a qualquer instante.

Sentindo ânsias de vômito e arrasado pela vergonha de estar fugindo desvairadamente pela rua, como um bandido, ele diminuiu o ritmo de suas passadas.

– Ô, Beto, o que é? – percebeu Rodrigo. – Vai afinar agora? Já estamos chegando.

Era verdade. O edifício de Rodrigo estava perto. Mais dois ou três minutos e eles chegariam lá. Com o rosto desfigurado pelo esforço, ele correu com mais ímpeto ainda. Chegou diante do edifício alguns passos à frente de Rodrigo e precisou esperar que ele fizesse o sinal para o porteiro abrir o portão.

Depois que entraram, o homem, vendo Paulinho Girafa chegar esbaforido, desapontado e com a chama da vingança brilhando nos olhos, disse a si mesmo:

– Os carinhas foram mexer com esse aí e se deram mal.

Enquanto, do lado de fora, Paulinho olhava colericamente para os dois, Rodrigo e Roberto tentavam repor a respiração no ritmo normal.

Sentindo-se em segurança, Rodrigo apontou Paulinho, sorriu e comentou:

– Olha lá o trouxa, Beto.

Roberto achou aquilo indigno do seu ídolo. Depois de fugir descaradamente, Rodrigo, protegido pelo portão do prédio e pelo porteiro, ficava provocando Paulinho?

Constrangido, procurou se afastar, caminhando mais para dentro do saguão.

– O que é? Você está com medo? – perguntou Rodrigo.

– Não. Eu estou com vergonha. Você não está? A gente podia ter encarado o Paulinho.

– Você é louco? Olhe só o tamanho dele. E ele é bom de briga. Você nunca ouviu falar? Aquele dia, no jogo, eu não apanhei porque separaram logo.

– Pode ser. Mas nós somos dois – resmungou Roberto.

– O que você disse?

– Esquece.

Subiram para o apartamento de Rodrigo, recordando a corrida maluca pelas ruas.

– Nossa, Rodrigo! Se o Paulinho pegasse a gente... Você viu como ele estava?

– A coisa vai ficar feia pra ele. Agora a mãe da Jéssica não larga mais do pé dele.

– É. Mas ele também não vai largar do pé da gente.

– Isso é. Mas o negócio é não esquentar. Contra a força bruta a melhor arma é a esperteza. A gente ficando de olho e não invadindo o território dele, ele não vai ter o que fazer.

Aos poucos, a confiança de Roberto em Rodrigo ia voltando. Talvez ele não fosse covarde, como Roberto havia chegado a pensar. Era só astuto.

Lembrando os lances da trama que tinham acabado de executar, os dois se divertiram muito.

– Você viu como a mãe da Jéssica ficou furiosa? – riu Rodrigo.

– Puxa! O braço da Jéssica deve estar doendo até agora. Do jeito que a velha apertou...

– Onde será que o Girafa estava escondido?

– Não sei, não.

– Eu estava olhando pra Jéssica e pra mãe dela e, de repente, vi o cara. De onde será que ele saiu? A gente deu bobeira.

– É. Comprido daquele jeito, a gente devia ter visto.

– Vai ver que ele estava disfarçado de poste.

A piada de Rodrigo rendeu boas gargalhadas. Quando pararam de rir, porque já não aguentavam de tanta dor na barriga, Rodrigo reassumiu a seriedade que convinha a um chefe e propôs:

– Agora vamos bolar o esquema do plano número dois.

Roberto sabia que aquela era a última oportunidade de inventar uma desculpa e dizer a Rodrigo que talvez fosse melhor ele arranjar outro parceiro para aquela parada. Enfrentar Paulinho Girafa era uma coisa meio maluca. Mas ser expulso do colégio era pior, muito pior. E esse era o risco que ele e Rodrigo podiam correr.

Conversaram meia hora sobre o plano, fazendo anotações num papel, e marcaram a ação para dali a dois dias, ao meio-dia. Era a hora em que os funcionários da escola iam almoçar e só a secretária, dona Hilda, ficava tomando conta da sala da diretoria. A professora de português, dona Márcia, nesse dia deveria entregar a dona Hilda as questões para a prova mensal. O fim do ano estava chegando e os dois precisavam muito de nota.

CONVERSAS NUNCA MAIS

Sentada ao lado de Luísa no sofá, Fernanda ainda tentava se convencer de que Bruna não era chata. Aquela marcação que ela havia feito em cima dela e de Mateus no *shopping* tinha sido apenas uma distração dela. Só podia ser isso. Como a amiga podia saber que ela e Mateus queriam ter uma conversa muito importante? Os dois não tinham dito. Se tivessem, ela não ficaria zanzando com eles pelo *shopping* nem um instante a mais.

Reconciliada com a boa imagem que tinha da amiga, ela sorriu para Luísa:

– E aí?

As duas palavrinhas eram um claro convite para a irmã retomar o diálogo interrompido pelo telefonema de Mateus e pela ida dela ao *shopping*. Mas Luísa pareceu não entender. Permaneceu calada.

– E aí? – Fernanda repetiu. – Aquela conversa?

– Ah, é aquilo que eu já falei. Eu estava querendo pedir desculpas por causa daquele dia e...

Antes de perder completamente a paciência e dar uns tapas na irmã, que estava merecendo, Fernanda resolveu abreviar aquilo:

– Era só isso?

– Só isso o quê?

– Você só queria pedir desculpas?

– É. Só.

– Já pediu, então. Faz séculos. Está desculpada.

Depois de dizer isso, ela se levantou, esforçando-se para não parecer brusca, e foi para o quarto. Queria acabar a leitura da revista antes que o pai e a mãe chegassem. Se os dois a vissem com ela nas mãos, talvez nem dissessem nada, mas cara boa não iam fazer.

Sentou-se na cama e abriu a revista. Mas de repente perdeu a vontade de ler, oprimida por um pensamento inquietante. Fazia quase meia hora que havia chegado do *shopping*. Mateus, se não fosse uma lesma inválida, já devia estar em casa. Por que ele não ligava, então?

Zangada, voltou para a sala e, com os olhos de Luísa postos nela, por cima do livro que lia, pegou o celular. Mateus não atendia. Deu caixa postal. Ela ligou de novo e ficou torcendo: atende, atende, atende, atende.

Na terceira tentativa, Mateus atendeu. Será que estava se escondendo dela? Mas por que ele faria isso? Não era ele que, no *shopping*, estava impaciente porque Bruna não os deixava conversar?

Quando ele disse "oi", Fernanda respirou fundo, bem fundo, e começou a contar silenciosamente até dez. Não era essa a recomendação que se fazia para quem estava furioso? Era o caso dela: estava furiosa, muito furiosa.

Ao chegar aos dez, ela disse, tentando aparentar calma:

– Por acaso você lembra que queria muito falar comigo?

Mateus deu uma risadinha sem graça. Fernanda continuou:

– Lembra ou não? Você disse que era importante.

– Ah, aquilo? Aquilo era só uma ideia.

– Uma ideia?

– É. Uma ideia que eu tinha.

– Tinha?

– É.

– E não tem mais?

– Eu...

– Não precisa explicar. Já entendi. Às quatro horas, você estava com uma ideia. Uma ideia tão importante que você me fez sair de casa pra ouvir. E, às seis, cadê a ideia?

– Eu... não po...

– Às seis horas, a ideia pluft, sumiu. Se eu fosse você, sabe o que eu ia fazer? Eu saía correndo e ia ver, lá perto do *shopping*, se eu achava a ideia, coitadinha.

– Nanda, vo...

– Você não tem coração, Má? Já está escurecendo, e você imaginou o desespero da sua ideia, perdida na rua?

– Nanda, eu...

– Quer saber de uma coisa? Vamos ficar assim. Se um dia você encontrar a ideia por aí e quiser me apresentar, vai ser uma grande honra pra mim. Mas, se você não encontrar, pode me esquecer. Não quero mais papo com você. Chega. Pensa que eu sou o quê? Uma palhaça?

– Eu...

Fernanda desligou.

Luísa, que, sentada no sofá, tinha ouvido a conversa da irmã com Mateus, deu um suspiro de alívio. Em outro prédio do bairro, momentos antes, um garoto chamado Mateus tinha suspirado também, com o mesmo alívio. Se precisava esperar a resposta de Luísa, não falar com Fernanda era ótimo.

Ainda irritada, Fernanda viu a irmã sublinhar com o lápis um trecho da página que estava lendo. Se ela, Fernanda, a Rainha dos Hunos, fizesse aquilo, iriam dizer que era uma destruidora de livros. Mas Luísa podia rabiscar qualquer livro. Luísa era a santa, a heroína, a magnífica.

De novo no quarto, mal abriu a revista, percebeu, contrariada, que era melhor fechá-la. A mãe tinha acabado de abrir a porta do apartamento. Dali a dois minutos estaria esquentando a comida, que sempre comprava no restaurante por quilo que funcionava na esquina da rua onde ficava o salão de cabeleireiros do qual ela era gerente.

DOIS LEÕEZINHOS ENFURECIDOS

Eunice chegou, pendurou a bolsa numa das cadeiras da sala, deu um oi para Luísa, de passagem pelo quarto deu outro oi para Fernanda e foi para a cozinha. Enquanto ela começava a desembrulhar o pacote que tinha trazido do restaurante, a porta do apartamento se abriu de novo. Era Roberto, entrando como sempre entrava: parecendo um furacão.

Luísa tirou os olhos do livro por um instante, sem dizer nada. Mas Fernanda, quando a porta bateu estrondosamente depois da passagem do furacão, reclamou:

– Beto, qual é a sua? Está pensando que isto aqui é o quê? Você...

Ele, vendo a bolsa da mãe na cadeira, chegou até a porta do quarto e, com gestos aflitos, implorou à irmã que se calasse. Com o escândalo que ela estava fazendo, ele ia ter de se explicar com a mãe por estar voltando para casa naquela hora.

Da cozinha, veio a voz da mãe:

– É você, Beto?

Para adoçar a mãe, ele correu para beijá-la.

– Você está chegando agora? – ela perguntou.

Tentando desviar o rumo da conversa, ele olhou para as duas embalagens de alumínio que Eunice havia acabado de abrir e elogiou:

– Huumm, que bom. Você trouxe nhoque hoje. E carne assada.

– Você chegou agora? – ela insistiu.

Ele precisou admitir:

– Cheguei.

Mas, antes que a mãe tivesse tempo de dizer uma palavra, ele já foi se justificando:

– Sabe o que é, mãe? Eu estava estudando pra prova de português, na casa do Rodrigo.

Fernanda, que tinha saído do quarto e ligado a tevê, gargalhou na sala.

– O que foi, Nanda? Algum programa engraçado aí?

– Não, mãe. Eu estou rindo de outra coisa. É do...

– Ah, cala a boca, bobona – mandou Roberto, adivinhando o que ela ia dizer.

– ... do cara de pau do Beto. Estudar pra prova? E com o Rodrigo? Sabe quando, mãe? Só no dia em que boi voar e...

– ... e você for modelo internacional – concluiu maldosamente Roberto.

Era mais do que Fernanda podia aguentar. Fazendo cara de choro, ela foi para a cozinha pisando firme, com meia dúzia de tapas armados. Lembrando-se do herói mascarado que riscava a letra "z" no rosto dos inimigos, ela estava decidida a deixar a marca dos dedos no focinho daquele burro.

Percebendo a situação, Eunice pôs o corpo entre os dois irmãos, como se fosse um juiz de luta livre:

– Opa, opa. O que é isso? Para, Beto. Para, Nanda. Se vocês querem brigar, por que não vão para um ringue? Luísa, ô, Luísa! Vem me ajudar aqui, senão estes dois leõezinhos se estraçalham.

Luísa, com a atenção dividida entre a leitura do livro e o problema criado por Mateus, que com três surpreendentes palavrinhas tinha tumultuado sua cabeça e seu coração, não ouviu.

– Luísa, vem me ajudar – pediu de novo a mãe, cada vez com mais dificuldade para segurar Roberto e Fernanda.

Quando Eunice já estava pensando em desistir do seu papel de mediadora e deixar rolar a briga, a porta bateu de novo, dessa vez com menos força, e, com o suspiro de satisfação que costumam dar os homens quando voltam para casa depois de um dia de trabalho, Gilberto entrou.

– Oi, pessoal – ele cumprimentou. – Tudo bem?

O barulho que chegava da cozinha logo o fez ver que a resposta à sua pergunta era: não, nada vai bem por aqui. Ele correu para descobrir a razão daquele barulho todo:

– Eunice, o que está acontecendo aí?

– Ah, graças a Deus que você chegou. Estas duas ferinhas aqui querem se devorar.

Com a ajuda de Gilberto, Eunice conseguiu acabar com a briga. Mas os dois leõezinhos, mesmo apartados, continuavam a se encarar, furiosos. O rosto de Fernanda estava molhado pelas lágrimas. O de Roberto estava seco e seu sorriso parecia zombar da fragilidade da irmã.

– Que maluquice foi essa? – perguntou Gilberto.

Fernanda e Roberto não abriram a boca. Quem respondeu foi Eunice:

– É aquela história de sempre, Gil. Um começa a provocar o outro e aí...

– Eu não entendo como uma garota de catorze anos e um rapaz de doze podem ter tão pouco juízo. Não entra na minha cabeça. Por que vocês não fazem como a Luísa? Enquanto vocês dois tentam se arrebentar, a Luísa está ali quieta, estudando. Um dia ela vai ser médica, advogada, e vocês vão fazer o quê? Vocês acham que dinheiro cai do céu?

Fernanda e Roberto fizeram uma trégua, para sorrir. Aquela frase do pai era bem conhecida por ela e por ele. Quando ficava zangado com o desempenho escolar dos dois, o prognóstico que fazia era sempre aquele: eles iam ter de ficar a vida toda pedindo a São Pedro para mandar a eles belas notas de cem em vez de pingos de chuva.

Na primeira vez em que ele tinha dito isso, os dois haviam ficado tristes e revoltados. Depois, com a repetição, a frase foi virando motivo de piada, e eles acreditaram no que a mãe dizia: aquela história de recolher dinheiro na chuva era uma frase que o pai de Gilberto havia usado na infância, para acabar com a preguiça dele na hora de estudar.

– Vamos jantar, gente? – sugeriu Eunice, pondo a comida para esquentar no micro-ondas e considerando encerrada, com esse convite, a briga dos seus dois leõezinhos.

Apesar de chamada duas vezes, Luísa não vinha.

– Nanda, o que tem a sua irmã? – estranhou Eunice. – Será que algum garoto lá da escola virou a cabeça dela?

– Não, mãe. Isso é só... concentração intelectual. Ela não quer acabar catando chuva com balde, como eu e o Beto.

Roberto, o pai e a mãe riram. A harmonia familiar estava restabelecida.

– Luísa, ô, Luísa – chamou de novo a mãe. – Vem. A comida vai esfriar.

A FAMÍLIA ACERTANDO OS PASSOS

Reunida em volta da mesa da cozinha, a família confirmava uma tradição que era motivo de brincadeiras entre os cinco, por causa do sobrenome que tinham.

– Nós, os Passos – costumava dizer Gilberto –, podemos escorregar, tropeçar e cair, mas logo nos levantamos e continuamos firmes no nosso caminho, passo a passo.

Eunice, de vez em quando, mexia com ele:

– Gil, essa é a legítima filosofia de um caixa de boteco.

E ele, fingindo estar aborrecido com ela, se queixava:

– Boteco, não, Nice. Faça o favor. Lanchonete. Lan-cho-ne-te.

Os filhos também gostavam de brincar com o sobrenome. De acordo com a situação que estivessem vivendo, faziam frases nas quais apareciam passos largos, passos inseguros, passos decisivos, passos incertos e outros passos.

Uma tarde, lendo um texto do seu livro de português, Fernanda encontrou uma expressão que a fez exclamar:

– Passos trôpegos??!! Gente, socorro. O que é isso?

Ela estava na sala e seus dois irmãos também. Para não dar o recibo de ignorante, Roberto fez de conta que não tinha ouvido. Mas Luísa, esforçando-se para não fazer pose de sabichona, explicou: passos trôpegos eram passos cambaleantes, passos sem firmeza.

Roberto, que às vezes conseguia fazer uma boa piada, disse:

– Nanda, é o seguinte. Como é essa palavra mesmo?

– Trôpegos.

– Eu e você somos passos trôpegos. A Lu é passos firmes.

Se alguém, sabendo dessas brincadeiras que a família gostava de fazer com seu nome, visse os cinco jantando tão alegremente naquela noite, diria:

– Eles estão com os passos acertados, como soldados numa parada.

Parecia uma ocasião festiva. Até a briga de alguns minutos antes estava esquecida. Todos falavam com todos e todos sorriam para todos.

Comeram com tanto apetite que, antes de abrir a geladeira para pegar a sobremesa, Eunice comentou:

– Ih, não sobrou quase nada para o almoço de amanhã. Nanda, você e a Lu vão ter de se virar, fazer um macarrãozinho ou uma saladinha, na volta da escola.

Provando que seu bom humor havia voltado, Fernanda sugeriu:

— Eu faço o macarrãozinho, a Lu faz a saladinha e o Beto frita umas batatinhas no capricho, é ou não é, Beto?

Beto sorriu, debochando:

— Ô! Deixa comigo.

Depois da sobremesa, um mamão que todos acharam delicioso, foram para a sala. Viram o final de um noticiário e o início de um capítulo de novela. Quando entraram os comerciais, Eunice foi fazer um cafezinho para Gilberto. Na volta, enquanto o marido dava o primeiro gole, ela disse, batendo a mão na testa:

— Eu estava esquecendo. Que cabeça, a minha. Sabem a Bia?

Bia era uma das pedicures do salão do qual Eunice era gerente. Quase toda noite, quando voltava do trabalho, Eunice falava dela. De todas as funcionárias do salão, ela era a mais teimosa e a mais rebelde. Vivia criando problemas com as outras garotas do salão e até com algumas freguesas.

— A Bia — continuou Eunice — hoje pagou todos os pecados dela. Ah, se vocês vissem. Foi muito engraçado.

— Engraçado? — perguntou Gilberto.

— É. Para ela não. Nem para a vítima dela. Mas para quem viu...

Gilberto estranhou:

— Vítima?

– É. A nossa freguesa mais chata.

– Então deu um quilo certo – disse Gilberto, usando uma expressão que nenhum dos seus filhos conhecia.

– Isso – riu Eunice. – Um quilo bem pesado.

– Mas como foi o lance? – quis saber Fernanda, com medo de que, com o fim dos comerciais, acabasse a disposição da mãe para contar a história.

– Logo cedo a Bia brigou com uma manicure nova, a Dalva, uma menina assustada e meio bobinha. Disse que ela é uma burra, uma sonsa, uma retardada, que ela nunca vai aprender a fazer o serviço direito.

– Que simpática, hein? – observou Luísa.

– Logo depois chegou a tal freguesa, toda cheia de pose, toda arrogante. Sentou e disse que estava com muita pressa. Todas as manicures estavam ocupadas e eu precisei mandar a Dalva fazer a mão dela, enquanto a Bia fazia o pé.

Os comerciais acabaram e Fernanda, preocupada, olhou para a mãe. Será que ela ia interromper a narração naquele ponto empolgante ou continuar?

Ela prosseguiu:

– Toda hora a Bia olhava para a Dalva e balançava a cabeça. De vez em quando, dava um sorrisinho irônico. Aí, aconteceu. A freguesa estava falando não sei do quê. De repente, engasgou e começou a tossir. Ficou roxa, sufocada. A Bia batia nas costas dela, batia, mas ela continuava engasgada. Ai, que aflição!

– Nossa! Mas o que foi? – perguntou Luísa.

– Calma. Eu já digo. Depois de umas mil batidas nas costas, a freguesa deu uma tossida bem forte, daquelas que a gente dá antes de vomitar, cuspiu no chão, se abaixou, pegou uma coisa e gritou que ia esfregar aquilo na cara da Bia.

– Aquilo? Aquilo o quê? – Roberto alvoroçou-se, para saber.

– Não adivinhou? Era um pedaço da unha do pé dela, que a desastrada da Bia tinha feito voar que nem um passarinho. Depois dessa, acho que a freguesa não volta mais. Sabe que ia até ser bom? E a Bia acho que vai baixar um pouco a bola.

Gilberto e os três filhos riram, imaginando a situação. Eunice riu também, mas logo se censurou:

– Quando eu morrer, vou queimar no inferno. Como eu sou ruim. Mas, se vocês conhecessem a freguesa e a Bia, não iam me considerar tão perversa.

Quando o capítulo da novela acabou, Gilberto pediu mais um cafezinho a Eunice e avisou:

– Traz logo, mulher, que eu também tenho uma história incrível para contar.

CASA FANTASMA, ESCRITURA FALSA

Gilberto bebeu a segunda xícara de café, estalou a língua e, olhando para Eunice, propôs:

– Você não quer largar aquele salão e ser a gerente do departamento de cafezinho lá da lanchonete? O Zeca nunca acerta a mão. Um dia, põe muito pó e o café fica parecendo tinta. No outro dia, alivia a mão e o café sai tão fraco que a freguesia vem reclamar comigo, dizendo que é chafé...

– Chafé? O que é isso? – perguntou Roberto.

Eunice respondeu pelo marido:

– É um café tão sem-vergonha que parece chá.

Gilberto aplaudiu:

– Grande, mulher. Essa foi boa. Café sem-vergonha... É isso mesmo que o Zeca faz. Um café sem-vergonha. Vou dizer isso para ele amanhã.

– E a história? Cadê a história? – cobrou Eunice.

– É – apoiaram Fernanda, Luísa e Roberto. – Cadê a história?

– Desliga a televisão – Gilberto pediu a Luísa, que estava mais perto do controle remoto. – Eu exijo atenção total.

Enquanto Luísa apertava o botão, Eunice protestou:

– Ah, não vale. Isso é proteção. A minha, eu precisei contar com a tevê ligada.

– O que você queria? Ver outro jornal? Todos são iguais. Sempre as mesmas notícias.

– Está bom, está bom. Vamos ouvir essa história, para ver se vale a pena.

– A história é dez, vocês vão ver. Engraçada e também um pouco triste. O Zeca...

– ... derramou todo o café na calça de um freguês – brincou Eunice.

– Não. Foi pior. Coitado. Vocês nem imaginam o que aconteceu com ele.

Eunice estava impaciente:

– Conta logo, Gil. Que mania você tem de ficar fazendo hora.

– Isso tem um nome, que os escritores conhecem muito bem – disse Gilberto, com ar de importante. – Isso se chama suspense.

– Já ouvi falar – ironizou Eunice. – Sempre funciona. Eu já estou toda arrepiada, esperando. Será que dá para começar essa história ou está difícil?

– O Zeca – recomeçou Gilberto – é metido a conquistador. Ele se acha o homem mais bonito do mundo.

– E ele é mesmo? – perguntou Fernanda.

– Bonito? Nem perto disso. O Zeca é exatamente o oposto do bonito.

– Nossa! Ele é tão feio assim? – duvidou Roberto.

– Feio? Feio era o corcunda de Notre Dame.

Eunice, que já tinha visto Zeca, resolveu fazer a defesa dele:

– Você está exagerando, Gil. Ele não é bonito. Só isso.

– O que é isso, Nice? Quanto tempo faz que você não vai ao oculista? Desse jeito, daqui a pouco você vai dizer que o Zeca é uma gracinha...

– Está certo, Gil, está certo. O Zeca é mais feio do que o Frankenstein, está bom assim? Mas conta logo essa história, que o meu dia foi cansativo e eu já estou ficando com sono. Se eu dormir sentada aqui, a culpa não vai ser minha.

– É, pai, conta logo – reforçou Roberto.

Gilberto deu dois bocejos longos, esfregou os olhos e esticou o corpo, para afugentar o sono.

– Vocês têm razão. Chega de suspense. É melhor eu contar logo. A pior coisa que pode acontecer com um narrador é ele dormir no meio da história que está contando.

– Vai, então, Gil, vai – incitou-o Eunice.

– O Zeca costuma dar em cima de todas as mulheres que vão lá. O seu Barros...

– Seu Barros? – interrompeu Luísa.

– É. O dono da lanchonete. O seu Barros fica furioso com isso, mas as mulheres nem ligam. O Zeca é tão feio que nenhuma nunca leva a sério uma cantada dele. Faz uns dez dias, apareceu lá uma loira bonitona, toda maquilada e perfumada. Sentou num dos banquinhos do balcão e pediu um pãozinho de queijo e um café.

– E aí o Zeca ficou todo assanhado – antecipou Roberto.

– E aí o Zeca ficou todo assanhado – confirmou Gilberto.

– A loira disse que ele era muito simpático e que o café estava uma gostosura. Perguntou se ele é que tinha feito o pão de queijo e o mentiroso disse que sim.

– Bom, então ficou tudo empatado, não é, pai? – arriscou-se Roberto.

– Empatado por quê? – quis saber Fernanda.

– Porque ela disse que o café estava gostoso e que ele é bonito – explicou Roberto. – Você não está acompanhando direito a história, maninha.

– Chega de interrupções – pediu Eunice. – Vamos, Gil, vamos. E aí?

– Aí ela foi embora e o Zeca ficou se pavoneando. Disse que ela estava apaixonada por ele. Foi a maior gozação, vocês podem imaginar. No dia seguinte, quando ela voltou, ele piscou para nós. Até o seu Barros achou engraçado. O contraste era tão grande que só achando graça mesmo: aquela mulher que parecia uma estrela da tevê, um pouco velha, mas lindona, e o Zeca em volta dela, tentando bancar o sedutor. O seu Barros balançava a cabeça, segurando-se para não rir: "Mas que comédia, mas que comédia!"

– Ah, eu não acredito, pai. Vocês estavam rindo do Zeca? – censurou Luísa.

– E o que mais a gente podia fazer?

Eunice o censurou:

– Os feios não têm direito à felicidade? É essa sua opinião, Gil?

– Ah, o que é isso agora? De onde você tirou essa frase? Eu estou só contando uma história. Não tem nada a ver com os meus... sentimentos.

– Como não? Você não disse que todos vocês estavam rindo do Zeca?

– Disse. Mas você não estava lá assistindo. Era como o seu Barros disse: uma comédia. O único ali na lanchonete que não via que a loira só podia estar armando algum golpe com o Zeca era ele.

– Golpe? – Eunice perguntou.

– É. Nesse segundo dia, quando a mulher foi embora, nós e o seu Barros tentamos avisar isso a ele. Mas sabe o que o Zeca disse? Que era inveja nossa. Então, nós resolvemos deixar a coisa seguir em frente. O problema era dele. A loira veio mais duas vezes, depois sumiu. Aí o Zeca começou a dizer que logo ia contar uma grande novidade para nós. O seu Barros perguntou se por acaso ele estava pensando em casamento e ele sorriu, feliz.

Luísa, que gostava de ler romances e tinha começado a escrever um conto, teve um pressentimento:

– Ah, não sei, não. Essa história não está com jeito de acabar bem.

Gilberto continuou:

– Todos começaram a mexer com ele, perguntando quando ele ia distribuir os convites do casamento, e o Zeca só dizia para a gente esperar, que logo ele ia ter uma boa surpresa para nós. Mas a mulher nunca mais apareceu. Cada dia o Zeca parecia menos confiante. Hoje de manhã, nós soubemos por quê. Ele pegou um papel e mostrou para o seu Barros. O seu Barros começou a ler, foi ficando triste e perguntou quanto o Zeca tinha dado por aquilo. Quando o Zeca disse que tinha liquidado todo o dinheiro da poupança, o seu Barros gritou um palavrão: "Aquela p..."

Luísa estava vendo se confirmar seu pressentimento:

– O que era o papel?

– O papel era a escritura de uma casa que o Zeca tinha comprado. A loira disse que era corretora de imóveis, que sabia de uma grande pechincha, uma casona que ele podia conseguir pela metade do preço. Uma casona onde ela ia gostar muito de morar com o Zeca, depois que os dois se casassem...

– Ah, droga – lastimou-se Luísa. – Não precisa nem contar o resto.

Roberto não concordou:

– Ei, essa não. Conta, pai. História sem fim não é história.

– A história já acabou – disse Luísa. – Você não está vendo? A escritura era falsa, a casa não existia e o Zeca perdeu todo o dinheiro. Estou certa, pai?

– Está, Luísa. Infelizmente.

Eunice balançou a cabeça:

– Quer saber, Gil? Era melhor você não ter contado isso. Você... estragou a noite.

– Não precisa ficar tão arrasada, Nice. A história ainda não acabou. O seu Barros disse para o Zeca ir dar queixa na delegacia. Ele foi, contou tudo e disse como era a loira. Um investigador puxou umas fichas no computador e o Zeca identificou a mulher. Ela é especialista nesses golpes.

– E daí? – perguntou Fernanda.

– Daí que eles prenderam a mulher e...

– Puxa, rápido, hein? – comentou Eunice.

– É. Incrível. E...

– E...? – repetiu Eunice, ansiosa.

– O Zeca agora tem esperança de recuperar pelo menos uma parte do dinheiro. Não sei como vai ser isso, mas foi o que ele disse.

Com os olhos úmidos, Luísa lembrou-se da frase de um romance que tinha lido: as melhores histórias são os dramas que têm um final feliz.

– Garanto que você anotou essa história no seu bloquinho – apostou Eunice.

– Acertou – disse Gilberto.

– Qualquer dia – ela previu – ainda vou ver na livraria o seu livro: "Histórias da lanchonete."

– Gostei do título, Nice. Está aprovado. É muito criativo.

Depois da emoção e da tensão que tinham sentido com a desastrada aventura de Zeca com a loira bandida, viram um pouco de tevê e foram para a cama.

Fernanda mexeu-se, remexeu-se e não conseguia pegar no sono. Estava arrependida do que tinha dito a Mateus. Ele a havia irritado, com aquele chove, mas não molha: num minuto precisava conversar com ela, no minuto seguinte não precisava mais. Mas dizer que nunca mais queria falar com ele tinha sido demais. Amava Mateus, amava muito Mateus.

Ouvindo a irmã se virar e revirar na cama, Luísa imaginou que as preocupações de Fernanda tinham relação com Mateus e sentiu-se desprezível. Se Fernanda estava assim, como ficaria então se soubesse que o namorado tinha declarado amor à irmã e a irmã, em vez de exigir que ele nunca mais se atrevesse a falar aquilo, havia pedido um tempo para pensar? Sabia agora, quase com certeza, por que não tinha mandado Mateus procurar qualquer outra garota, menos ela, se não estivesse feliz com Fernanda. Tinha sido por vaidade, por pura e inadmissível vaidade.

Sempre louvada pela inteligência e pela dedicação aos estudos, ela às vezes sentia ciúme dos elogios feitos à beleza da irmã. Luísa era muito bonita, diziam, mas Fernanda era um pouco mais. Antes de finalmente se acalmar, fechar os olhos e dormir, ela se debateu com a dúvida: gostava de Mateus ou ele seria só um instrumento para mostrar a Fernanda que beleza não era tudo?

A alguns quarteirões dali, Mateus havia acabado de adormecer, depois de tentar dar resposta a uma pergunta que vinha se fazendo desde o momento em que, seguindo um impulso, magoado por causa de uma briguinha com Fernanda, ele tinha se aproximado de Luísa e dito uma frase que nunca, antes, havia pensado em dizer a ela:

– Eu te amo.

A frase curta havia jogado sua vida de pernas para o ar tão rapidamente que ele chegou a compará-la às palavras de feitiçaria dos livros de bruxos. Depois daquilo, ele já não tinha certeza de nada. Amava Fernanda? Amava Luísa? E, desde o instante em que havia pronunciado as três palavras, outra frase, de sua mãe, não saía da sua cabeça:

– Mateus, meu filho, às vezes eu acho que você é tão imaturo para os seus catorze anos!

A ANGÚSTIA DOS TRÊS PASSOS

Na manhã seguinte, enquanto os dois Passos adultos iam para o trabalho, os três Passos adolescentes iam para as aulas. O colégio não era longe e só em dias de muita chuva eles pegavam o ônibus. Nessa manhã de setembro, com o sol já brilhando, mas amenizado por um vento gostoso, os três caminhavam com disposição, mas sem falar. Cada um deles tinha uma preocupação.

A de Roberto se relacionava com Rodrigo e com o plano arquitetado por ele para que os dois, descobrindo as perguntas que dona Márcia, a professora de Português, ia fazer na prova, pudessem tirar a nota máxima e livrar o pescoço da reprovação. Ele estava com o pressentimento de que aquilo ia dar errado e de que ele e Rodrigo iam ser expulsos da escola. Não seria melhor ele e o amigo esquecerem aquela loucura e pegarem o livro para estudar? Faria uma última tentativa para convencer

Rodrigo a desistir do plano. Mas sabia que não ia ser fácil: Rodrigo e os livros eram incompatíveis.

A preocupação de Luísa tinha um nome: Mateus. Quanto mais pensava na situação criada pelas três palavrinhas ditas por ele, mais confusa ficava. Gostava dele, talvez não o suficiente para considerar aquilo um sentimento como o que as heroínas dos romances tinham por seus amados, mas gostava. Se não fosse irmã de Fernanda e se Fernanda não amasse Mateus como ela sabia que amava, poderia talvez levar aquela história adiante, para avaliar melhor o que sentia. Mas era irmã de Fernanda e isso não podia ser mudado.

Arrepiou-se só de pensar que, na véspera, Mateus quase tinha tido com Fernanda uma conversa que talvez rompesse para sempre as relações dela com a irmã. Analisando aquele impulso de Mateus, aquela pressa de revelar a Fernanda uma situação que ainda nem existia, ela concluiu que Fernanda estava certa quando dizia que ele era um criança.

– Um criança – ela resmungou, tão baixo que nem Roberto nem Fernanda ouviram.

Com a experiência ganha com a leitura de romances, ela chegou a uma hipótese que lhe pareceu a mais certa: Mateus estava querendo empregar a velha tática de, para se valorizar, deixar Fernanda com ciúme.

– Mas ele não vai me usar para isso, não – ela resmungou de novo, dessa vez mais alto.

– O que é isso, Lu? Está falando sozinha? – estranhou Roberto.

Fernanda não ouviu nem o resmungo da irmã nem a pergunta do irmão. Como Luísa, estava com o pensamento em Mateus. Seu desejo era chegar logo à escola, ir falar com ele, dar-lhe um abraço bem apertado, uns beijinhos e acabar com aquele clima bobo entre eles. Ultimamente, ele andava tendo umas atitudes de pateta, era verdade, mas será que também ela não vinha fazendo umas criancices com ele?

Lembrando-se de meia dúzia de desentendimentos tolos, alguns provocados por ela, Fernanda teve um pensamento que a fez sorrir: talvez a famosa conversa que Mateus vinha marcando e adiando fosse para dar um anel a ela, dizer umas palavras solenes e acertar um compromisso daqueles que valem para sempre, nos romances e na vida. Estava na moda aquilo: na classe dela, uma semana antes, uma garota e um garoto tinham feito um pacto daqueles, diante de quatro ou cinco testemunhas que haviam até chorado, de tanta emoção.

Sim, pensava ela, devia ser isso. Mateus estava querendo propor uma coisa daquelas e, na hora H, perdia o embalo. Mas, depois do ultimato que ela havia feito a ele, era provável que finalmente ele criasse coragem, chegasse perto dela, apalpasse o bolso, tirasse de dentro uma caixinha, abrisse a tampa, pegasse um lindo anel e o colocasse no dedo dela.

– Nessa hora, o que será que ele vai dizer? – pensou em voz alta Fernanda.

Roberto só podia imaginar o que imaginou: suas duas irmãs estavam prontas para fazer o vestibular no hospício. O primeiro e o segundo lugar iam ser delas, com certeza. Sentiu a tentação de lhes dizer isso, mas a imagem de Rodrigo checando com ele o plano para furtar as respostas da prova de Português arrancou de sua garganta uma frase que poderia incluí-lo também entre os mais fortes candidatos a uma vaga no hospício:

– Rodrigo, eu acho que a gente vai se dar mal nessa.

Entre pensamentos perturbadores e resmungos, chegaram ao colégio. Assim que subiram a escada depois do portão principal e pisaram no pátio, Roberto viu Rodrigo fazendo sinal de positivo para ele, como se dissesse:

– Tudo certo, amigão? Olha lá, hein? Amanhã é o dia.

Quase no centro do pátio, olhando para os próprios pés, como se tivesse descoberto neles algo muito importante, estava Mateus.

Luísa e Fernanda o viram ao mesmo tempo. Luísa mudou de rumo. Queria falar com ele e dizer-lhe que podiam no máximo ser bons amigos, nada mais, mas sem a irmã presenciar a conversa. Ela não devia saber, nunca, que Mateus tinha pronunciado as três palavrinhas.

Fernanda andou na direção de Mateus, mas ele fingiu não ter notado a chegada dela. Fernanda, então, decidiu mais uma vez, jurando a si mesma que era uma resolução definitiva, jamais trocar uma palavra com aquele sujeitinho. Nem que ele viesse com um anel de ouro dentro de uma caixinha com forro de veludo.

Ficou procurando Bruna. Havia ainda um minutinho para conversarem, antes do sinal para a primeira aula. Olhou para um lado, olhou para o outro, mas Bruna não estava em nenhum dos lugares em que costumava ficar.

Foi encontrá-la no canto em que se reuniam os alunos do nono ano. Ela estava falando com Luísa. Aproximando-se, Fernanda notou que as duas estavam terminando a conversa, mas ainda chegou a ouvir:

– Obrigada. Valeu.

Era Luísa, agradecendo algum favor. Curiosa, Fernanda perguntou a Bruna o que tinha sido, quando as duas estavam indo para a classe.

– Ah, não foi nada – respondeu Bruna. – Só aquele truque para amaciar os cabelos.

– Por que ela não perguntou pra mim? – estranhou Fernanda.

ALEGRIA 2 × TRISTEZA 1

Nas quatro aulas, Mateus, embora seu lugar na classe fosse ao lado de Fernanda, não olhou uma vez para ela. Não era isso que ela havia imposto? Enquanto Luísa não desse a resposta a ele, ficaria mudo, como uma estátua.

Não sabia o que o havia levado a fazer aquela declaração a Luísa, mas já estava arrependido. Se aquilo fosse um livro e ele pudesse apagar aquele trecho, não teria dúvida: apagaria.

Tinha sido um impulso bobo, uma irresponsabilidade, uma vingancinha idiota depois de Fernanda dizer que nenhuma outra garota seria louca de dar confiança para ele. Amava Luísa? Não, amava Fernanda e torcia agora para que Luísa desse logo sua resposta e que a resposta fosse *não*. Ele ficaria livre, então, para fazer três coisas que só com muito esforço estava conseguindo evitar: beijar Fernanda, beijar muito Fernanda, beijar mais Fernanda.

Na sala do oitavo ano, pela primeira vez na vida, Luísa tinha sido repreendida por não estar prestando atenção à aula: chamada duas vezes para responder a uma pergunta sobre pronomes, ela, que sabia aquilo e muito mais, ficou calada.

Na terceira vez, a professora se irritou:

— Você não sabe, Luísa, ou não ouviu a pergunta?

— Ah, desculpe, professora. Eu estava distraída.

— Luísa, o que está acontecendo? Você nunca foi assim...

Isso a ajudou a tomar a decisão: procurar Mateus o mais rápido possível. Se fosse preciso, diria que tinha um namorado, que iria entrar para um convento, que seria missionária na África. Daria uma daquelas desculpas clássicas dos romances ou inventaria outra, a melhor de todos os tempos, para ele entender que ela não poderia ser namorada dele nunca.

Não devia adiar aquilo. Quanto mais cedo fizesse o que precisava fazer, menos riscos haveria de Fernanda ficar sabendo que ela havia ouvido uma proposta idiota de Mateus e não tinha dito imediatamente isso a ele: que aquela era uma proposta idiota.

Com a intuição desenvolvida pelas suas leituras, ela podia afirmar: Mateus e Fernanda haviam nascido um para o outro e mereciam viver juntos para sempre. Não seria ela que entraria como bruxa na história, para atrapalhar o final feliz.

Precisava sair do enredo naquela manhã mesmo e, para isso, esperava contar mais uma vez com a ajuda de Bruna.

Quando acabou a segunda aula, ela foi ansiosa para o pátio. Falaria logo com Mateus, antes que ele, instável como era, se esquecesse da promessa e acabasse contando a Fernanda que havia uma perigosa e traiçoeira rival no seu caminho: a própria irmã.

Ficou procurando Mateus. Se o visse perto de Fernanda, ficaria marcando os dois em cima, como Bruna havia feito no dia anterior. Eles não podiam se comunicar de jeito nenhum.

Pensava em pedir a Bruna que levasse Fernanda para bem longe de Mateus, se fosse necessário. Um minuto bastaria para dizer àquele sonso o que estava escrito. No fim do enredo que ela imaginava, antes da frase que diria foram felizes para sempre, estariam escritos dois nomes: Mateus e Fernanda.

Não precisou recorrer a nenhum truque. Como se tivesse adivinhado sua intenção, Bruna conversava com Fernanda num canto bem distante do lugar em que se encontrava Mateus.

Ela se aproximou dele e, olhando para o lado em que Fernanda estava, com medo de ser vista por ela, não perdeu tempo:

– Eu vim dar a resposta.

Antes que ele dissesse uma palavra, ela concluiu:

– A resposta é *não*. E nunca mais quero falar disso.

Saiu apressada de lá e, embora tivesse feito o que achava certo e estivesse feliz por isso, sentiu certa decepção porque Mateus não a chamou nem saiu correndo atrás dela. Em um romance, seria isso que aconteceria. Ficaria mais desapontada ainda se virasse o rosto para trás e visse a expressão de alívio de Mateus. Devagar, mas confiante, ele começou a caminhar na direção de Fernanda.

Não sabia ainda o que ia dizer a ela. Precisava de uma boa desculpa, porque ela perguntaria sobre a história da famosa conversa. Mas ele conseguiria uma, nem que precisasse mentir vergonhosamente. O nome de Luísa não podia aparecer. Ela não tinha culpa nenhuma da cretinice dele.

Ao se aproximar de Fernanda e Bruna, ele pegou um resto de conversa das duas. Como sempre, falavam de moda, modelos e desfiles. Bruna estava dizendo:

– Ele convidou a Amanda pra fazer um teste.

– Sério? Se a Amanda tem chance...

– Nós temos também – completou Bruna.

– Vamos lá, então.

– Vamos. À tarde eu ligo pra sua casa. Olhe, parece que tem alguém querendo falar com você.

O sorriso de Fernanda encorajou Mateus. Tudo ia dar certo.

Perto dali, apartados dos outros alunos do sétimo ano, Roberto e Rodrigo cochichavam.

– Vai ser fácil, fácil – estava garantindo Rodrigo.

– Não sei, não. Estou achando arriscado demais.

– Ah, sabe o que eu acho, Beto? Que você está com medo. Eu preciso saber agora. Você vai ou não vai entrar na parada?

– Estou dentro.

Depois da última aula, fazendo o caminho de volta para casa, os três Passos poderiam ser considerados um trio feliz, se Roberto soubesse disfarçar sua preocupação. Se houvesse um placar ali, estaria marcando: Alegria 2 x Tristeza 1.

CAMINHOS OPOSTOS

A comida que havia sobrado da noite anterior era insuficiente para a fome de Luísa e Fernanda, estimulada pelo bom humor que os acontecimentos da manhã tinham reavivado.

Fernanda, tagarelando sobre a reconciliação com Mateus, comemorada com beijos e mais beijos que tinham retardado a volta dos três Passos para casa, abria, fechava e tornava a abrir a geladeira e a despensa, em busca de uma ideia sensacional para o almoço.

– Lu, você viu como ele estava carinhoso? – ela perguntou, tentando ao mesmo tempo decidir se fazia uma sopa de pacote, cuja embalagem prometia uma deliciosa refeição para três pessoas, ou uma lasanha à bolonhesa, que em quinze minutos de micro-ondas estaria pronta. – O que você acha? – ela consultou Luísa.

Luísa, empenhada em abrir uma lata de atum, sorriu:

– Carinhoso? Ele estava todo derretido. Como ele gosta de você, maninha!

– É. Mas eu não estou falando dele. Estou perguntando o que você acha melhor. Uma sopa de macarrão e legumes ou uma lasanha?

– Eu voto na lasanha. Ei, Beto, você não vai ajudar, não? Pensa que é só entrar com a fome e a boca?

Roberto – que não tinha dito uma palavra desde a saída do colégio e estava na sala, desabado no sofá, com jeito de pugilista que apanhou nove assaltos e espera, assustado, o toque do gongo para o décimo – berrou:

– Se eu entrar com a boca e a fome, vai ser uma honra para vocês.

– Ai – gemeu Luísa. – Eu me cortei com esta droga. – Vem já abrir esta porcaria pra mim, senão eu vou aí e jogo a lata na tua cara.

Roberto foi para a cozinha, resmungando:

– É sempre assim. Vocês inventam as coisas e eu é que trabalho? Eu posso comer o resto de ontem, numa boa. Não estou nem com fome.

Ele conseguiu abrir a lata, depois de xingar Luísa por deixar o abridor entalado numa curva da tampa.

– Pronto, está aí. Nesses livros que você lê, não ensinam a abrir latas? – ele zombou.

Estava pensando em voltar para a sala quando Fernanda apontou o armário:

– Me pega os pratos.

Enquanto ele, com má vontade, colocava os três pratos sobre a mesa, Fernanda completou a ordem:

– Agora os garfos e as facas.

– Vocês são duas sargentonas – ele se queixou, mas seu humor já não estava tão mau.

Fernanda e Luísa almoçaram com apetite e Roberto, mesmo dizendo que estava sem fome, comeu quase tanto quanto elas. Depois, Luísa pegou seus cadernos e livros e, como sempre, instalou-se na mesa da sala.

– Já vai estudar de novo? Pra quê? – perguntou Fernanda.

– Você já sabe tudo.

– Sei nada.

– Este vagabundo aqui é que devia começar a se preparar. Este ano acho que ele não escapa. Vai levar bomba – disse Fernanda, dando uns tapinhas no ombro do irmão.

– Olha quem fala – retrucou Roberto. – Faz um século que você não pega num livro. Você só lê aquelas suas revistinhas bobas.

– Mas não sou eu que estou precisando de nota. Cria juízo, maninho, cria juízo.

Fernanda tomou um banho e, meia hora depois, reapareceu na sala, onde Luísa continuava lendo e Roberto parecia estar participando de um campeonato de mudança rápida de canais, com o controle remoto da tevê.

– Nossa, Nanda. Aonde você vai? – perguntou Luísa, admirando a beleza do corpo da irmã, mostrada generosamente por sua melhor bermuda e por sua mais vistosa camiseta. Tinha dado uma ajeitada nos cabelos e feito alguma coisa, no rosto, que o havia tornado ainda mais sedutor.

– Sabe o que você está parecendo? – disse Luísa.

– Uma modelo? – arriscou Fernanda.

– Isso aí.

– A intenção é essa. A Bruna não telefonou?

– Não.

Nesse instante, o telefone tocou.

– Dá pra baixar o som dessa tevê? – pediu Fernanda, indo atender. – Alô, alô. É pra você, Beto.

Roberto desligou a televisão e foi até o telefone. A conversa durou meio minuto, o bastante para Roberto fazer meia dúzia de caretas de desagrado:

– Está bom. Está. Vou já, então. Tchau.

Assim que ele desligou e disse que ia para a casa de Rodrigo, o telefone tocou novamente. Fernanda atendeu. Era Bruna.

– Oi, Bru. Tudo bem. É aquela rua atrás do *shopping*, não é? Sei. Aquela da academia. Na esquina? Certo.

Roberto e Fernanda desceram juntos no elevador. Ele emburrado, ela risonha e tão entusiasmada que nem notou o rosto angustiado do irmão.

Embaixo, na rua, cada um foi para um lado. Ele caminhava sem pressa, como se não tivesse vontade nenhuma de chegar. Ela andava rapidamente, como se estivesse dando os primeiros passos no caminho dos seus mais queridos sonhos.

PRECISAMOS DE DUAS GAROTAS

O sol maduro das duas horas acompanhou Fernanda desde o prédio até o *shopping*. Transpirando um pouco, ela se lembrou da frase de um costureiro famoso. As modelos que desfilavam com as roupas da sua grife estavam proibidas de fazer várias coisas: uma delas era suar.

Preocupada com o estrago que aquele calor poderia trazer à sua aparência, justamente num dia talvez decisivo para as suas aspirações, ela pegou um lencinho no bolso da bermuda e o passou na testa. As mãos também estavam úmidas e ela teve quase certeza de que aquilo não era efeito do sol, mas da tensão que sentia crescer enquanto contornava o *shopping* e se aproximava da rua de trás, onde Bruna, com um nervosismo igual, estava à espera dela.

A rua era arborizada e quase tranquila, talvez por ser estreita e ter mão única de trânsito. Passando pela frente da academia de ginástica, ela olhou com admiração, através do enorme vidro que deixava ver o espaçoso salão cheio de bicicletas ergométricas, esteiras e uma infinidade de outros aparelhos, os homens e as mulheres que se esforçavam para manter um corpo saudável.

Era uma boa propaganda aquela, Fernanda pensou: rapazes, moças e, mais para o fundo, três ou quatro homens e mulheres já não tão jovens, mas ostentando a boa forma que uma atividade física bem orientada podia proporcionar.

Ela chegou a parar por um instante, para apreciar melhor o espetáculo, mas a chegada de um segurança que lhe deu uma piscada maliciosa a fez sair dali.

A esquina estava perto e ela viu Bruna. Acelerando o passo, Fernanda sentiu o tênis escorregar. Tinha pisado em alguma coisa mole. Apoiando-se em uma árvore, olhou para a sola e deu graças a Deus: era só um chiclete. Seria muita falta de sorte entrar no estúdio e, de repente, notar a cara de nojo do fotógrafo, sentir um cheirinho nauseabundo e descobrir que ele saía do próprio pé.

Esfregou o tênis na calçada. De longe, Bruna fez um sinal: o que era aquilo? Quando se viu livre daquela coisa grudenta e andou até onde a amiga estava, Bruna sorriu para ela:

— O que você estava fazendo ali, Nanda? Macumba?

— Estava desgrudando uma meleca do tênis. Onde é o estúdio?

— Ali. Está vendo?

Foram até um casarão na frente do qual havia duas placas de uma imobiliária: vende-se, aluga-se.

– É aqui? Tem certeza? – estranhou Fernanda. – É uma casa vazia.

– Foi este o endereço que a Amanda me passou.

– Mas aqui não está com jeito de...

– Ela me disse que é aqui, sim. Ela me deu até o cartão, com o nome dos donos. Está aqui, olha. Marcel e Máximo.

– Não estou sentindo firmeza, Bru. Parece nome de dupla sertaneja. Me deixa ver esse cartão direito.

O cartão não eliminou as dúvidas de Fernanda. Era um impresso de lastimável mau gosto. Além dos nomes – Marcel e Máximo – trazia um perfil de mulher desenhado e a indicação: Agentes de Talentos. Mas não havia nenhum endereço ali, nem telefone.

Desconfiada, Fernanda repetiu a pergunta:

– Você tem certeza de que é aqui?

– Tenho.

– Mas...

– A Amanda até já tirou as fotos. Disse que elas ficam prontas em dez dias.

– Dez dias? Tudo isso?

– É. São fotos artísticas, sabe como é.

– E ela não pagou nada?

– Não. Eles...

Fernanda interrompeu Bruna:

– Eles?

– É. O Marcel e o Máximo.

– Ah.

– Eles preparam o álbum...

– O *book*.

– É. Eles preparam o *book* e levam pras agências. Se alguma se interessar, aí então eles acertam o contrato e ficam com dez por cento.

– Parece justo.

– Eles contaram pra Amanda que já conseguiram colocar modelos em uma porção de agências. Falaram até os nomes delas.

– Bom, se a Amanda fez as fotos... – disse Fernanda, quase convencida. – Mas ela não falou nada sobre essa coisa esquisita?

– Coisa esquisita?

– É. Essas placas.

– Ah, falou, sim. Eles disseram que estão mudando para um lugar maior.

– Maior? Esta casa já é tão grande...

– É. Mas parece que eles estão, como se diz?, em expansão.

– Sabe outra coisa que eu estou achando estranha? Você não acha que devia ter uma placa aí, mostrando que é um estúdio?

– É. Sabe que eu não tinha reparado?

Estavam as duas assim, indecisas, quando apareceu na frente da casa um homem elegante, jovem, de calça escura e camisa cinza. Ele sorriu, simpático. Seu bigodinho fez

Fernanda lembrar um detetive de uma série de tevê, que tinha um nome estranho, terminado em ô.

– Olá, garotas, posso ajudar?

Fernanda olhou para Bruna, Bruna olhou para Fernanda, uma esperando que a outra respondesse.

– Se vocês estão procurando o estúdio, é aqui mesmo.

– Nós... – hesitou Fernanda.

– Nós... – vacilou Bruna.

– Foi alguém que indicou o estúdio pra vocês? – perguntou o homem.

– Foi... a Amanda – respondeu Bruna.

– A Amanda? A garota dos olhos grandes e do narizinho arrebitado?

– É – disseram as duas.

– Tem futuro, aquela menina. Logo logo ela vai estar arrasando nas passarelas. Foi uma sorte eu ver aquela garota lá no *shopping*.

As duas se olharam, entusiasmadas. Consideravam-se mais bonitas do que Amanda.

Nesse instante, uma voz veio de dentro da casa e um homem surgiu numa das grandes janelas da frente:

– Marcel! Marcel!

– Já vou, Máximo. Estou falando com duas garotas lindas, aqui. Dá para ver daí?

Máximo esticou o pescoço para fora da janela. Depois de fazer um sinal, pedindo que esperassem, ele veio para a frente da casa. Parecia irmão de Marcel em tudo, até no bigodinho.

– Vocês não vão entrar? – ele convidou. – O que vocês estão esperando? Marcel, essas duas garotas podem ser perfeitas para aquele comercial do colégio.

– Você está certo. Que olho você tem. Como eu não vi? Você é um gênio, Máximo.

As duas entraram cautelosamente na casa e estranharam não ver nenhum móvel na sala. Notando o olhar que uma trocou com a outra, Máximo explicou:

– Nós estamos de mudança. Daqui a um mês, vamos estar na nova sede. Já despachamos tudo. Só não desmontamos ainda o estúdio. É lá em cima. Vamos lá?

Subindo a escada, Fernanda e Bruna estavam pensando a mesma coisa: como Amanda, aquela medrosa, tinha arranjado coragem para entrar naquela casa sozinha?

Chegaram ao alto de mãos dadas. E se aqueles dois...? Máximo parou diante da porta de um quarto imenso, no meio do qual havia uma mesa, duas cadeiras, máquinas e equipamento fotográfico. Nas paredes, fotos de mulheres maravilhosas em praias, iates, restaurantes, passarelas.

– O nosso estúdio – disse Máximo. – Está um pouco bagunçado, porque é como eu falei. Daqui a um mês, nós já não vamos estar aqui. Mas vamos falar de vocês. Marcel, a agência que está planejando aquele comercial do colégio vai ficar apaixonada por estas duas. Ah, vai. Aposto que vai.

– Eu também. Já estou vendo a cara deles quando a gente mostrar as fotos. Meninas, vocês caíram do céu. E caíram na hora certa. Vocês estão prontas?

As duas ficaram sem palavras e sem ação.

– Vamos fazer umas fotos? – sugeriu Máximo, empolgado. – O nosso cliente está procurando uma dupla exatamente igual a vocês, para um comercial de tevê.

Fernanda e Bruna arregalaram os olhos ao ouvir a palavrinha de quatro letras.

– É para um colégio, como eu disse. A agência quer transmitir a ideia de que a beleza e a inteligência podem estar juntas num bom colégio. Vocês duas podem passar essa ideia. O que você acha, Marcel?

Marcel olhou bem para as duas:

– Quem sou eu para duvidar? Meninas, o Máximo é um dos maiores descobridores de talentos do Brasil. Vocês têm sorte. Vamos fazer as fotos?

– Por mim, tudo bem – disse Fernanda. – E você, Bru?

– Por mim também.

– Ótimo – sorriu Marcel. – Me acompanhem, então.

Elas estranharam porque, em vez de fazê-las entrar no estúdio, ele as levou para um quarto ao lado, onde havia uma cama e um armário.

– É melhor... a gente voltar outro dia, não é, Bru?

– É, nós estamos um pouco... atrasadas.

– O que é isso, garotas? Vocês não vão me decepcionar. É rápido, eu prometo. Vocês podem ficar à vontade aí.

Ficar à vontade? As duas não estavam entendendo e o rosto delas mostrou isso.

– Eu só vou pedir uma coisa – disse Marcel, entrando no quarto, abrindo o armário e pegando dois saiotes e duas blusas de colegiais. – Eu quero que vocês vistam isto.

Colocou as roupas em cima da cama, saiu do quarto e, enquanto encostava a porta, avisou:

– Quando estiverem prontas.

Sozinhas no quarto, elas ficaram se consultando, com os olhos: o que fariam? Seria seguro tirarem a roupa ali? E se os dois, de repente, entrassem?

– Vamos fazer o seguinte – disse Fernanda, em voz baixa.

– Enquanto eu troco de roupa, você fica encostada aí na porta. Qualquer coisa, a gente abre a janela e arma o maior berreiro. Depois, eu fico de olho e você troca de roupa.

Fizeram isso. A cada estalo da cama, do assoalho de madeira, do armário ou da janela tocada pelo vento, elas se sobressaltavam. Finalmente, dez minutos depois, saíram do quarto e foram para o estúdio.

– Nunca vi duas colegiais mais bonitas – exclamou Marcel.

– As fotos vão ficar um arraso – previu Máximo, preparando a câmera. – Um arraso. Vocês são as garotas que a agência está querendo.

UMA HISTÓRIA DE LANCHONETE

Depois que Fernanda e Roberto saíram, Luísa parou de estudar. Não queria se sentir presunçosa, mas Fernanda estava com certa razão no que tinha dito: para passar de ano, ela não precisava ler mais nada. As notas estavam sob controle e a única dúvida era saber, entre os cinco primeiros alunos da classe, qual seria a colocação dela.

Pondo de lado os cadernos e os livros escolares, ela pegou um romance juvenil que estava lendo. Gostava daquele tipo de história, que juntava os ingredientes na dose certa: umas colheres de aventura, umas pitadas de romance, um pouco de suspense e generosas porções de trama policial.

Um dia, talvez, ela pudesse se transformar numa escritora. Tinha visto recentemente uma entrevista da célebre criadora de uma série de livros protagonizados por um jovem bruxo e uma frase havia ficado bem marcada em sua memória

A famosa autora tinha dito que escrever era tão bom e lhe dava tanto prazer que ela não entendia por que todas as pessoas do mundo não queriam ser escritoras.

Todos os dias, Luísa pensava pelo menos uma vez na frase. E a pergunta da autora dos livros do pequeno bruxo acabou, aos poucos, se tornando também a sua pergunta: como as pessoas podiam querer ser advogadas, médicas, jornalistas, arquitetas, cantoras, modelos, se podiam escolher a melhor e a mais fascinante atividade que alguém podia ter, que era a profissão de escritor?

Ela acabou de ler um capítulo do romance juvenil e apanhou um caderno pequeno, no qual estava escrevendo um conto baseado numa das histórias de lanchonete que seu pai às vezes contava.

Antes da lanchonete, havia funcionado no local onde o pai de Luísa trabalhava um bar muito mal frequentado, conhecido pela variedade de aguardentes que exibia na prateleira. O lugar tinha um nome comum, prosaico, do qual Gilberto nunca se lembrava – Bar do Silva, Bar do Santos, Bar do Sousa –, mas todos o chamavam de A Esquina da Cachaça.

Lá era possível encontrar aguardentes de todas as partes do país. Não havia requinte nenhum no bar. O piso era gasto, os azulejos descoloridos, o teto descascado. As mesas e as cadeiras davam a impressão de ter mais de vinte anos e o balcão parecia mais velho ainda. Além das cachaças, os fregueses podiam só contar com umas linguicinhas ou batatinhas fritas e porções de queijo, salame ou azeitonas.

Com o tempo, o local em volta do bar foi se valorizando. As velhas casas foram substituídas por edifícios de padrão médio, abriram-se avenidas largas e a antiga escola, onde Gilberto e Eunice haviam feito os primeiros estudos, tinha sido demolida para a construção do colégio ao qual agora iam seus três filhos.

– Vocês são uns felizardos – costumava dizer Gilberto. – No nosso tempo, quando chovia, a nossa classe ficava inundada. Lembra, Nice?

Depois de vários abaixo-assinados dos moradores contra o bar, por causa das brigas que começavam lá dentro e acabavam se espalhando pela calçada e até pela rua, o dono – seu Silva, seu Santos ou seu Sousa – tinha decidido fechar as portas, antes que a polícia fizesse isso.

Apareceu um interessado, um homem que tinha uma rede de lanchonetes e pretendia montar mais uma ali. Depois de acertar tudo com o dono, ele disse ao caixa, ao moço da cozinha e aos dois atendentes do balcão que, se quisessem, seriam contratados quando a lanchonete começasse a funcionar.

Três dias antes do fechamento para a reforma, apareceu um homem de cabelos brancos, encostou o corpo no balcão e, em pé, passando a mão na testa suada, pediu:

– Por favor, um copo de água.

– Mineral? – perguntou um dos moços do balcão.

– Não. Comum.

Olhando com desprezo para aquele freguês que nem freguês era, porque parecia não ter dinheiro nem para comprar um copo de água, o atendente gritou para o outro:

– Manda um copo de água torneiral.

A intenção de humilhar o velho foi bem compreendida pelo outro, que perguntou bem alto, para todos no bar ouvirem:

– Com bastante cloro e espuma?

Os fregueses riram e os dois atendentes também. O caixa, piscando para o dono, entrou no jogo:

– No capricho, hein, Bartolomeu?

Só o rapaz da cozinha, que estava fritando umas batatinhas, não aderiu à brincadeira. Pôs o rosto para fora do cubículo enfumaçado em que ficava e balançou a cabeça, descontente.

O homem tomou a água, agradeceu muito e saiu, acompanhado por alguns risinhos. O caixa desabafou:

– Cada um que me aparece. Se todos fossem assim, para que caixa? Um mendigo, vocês viram?

O dono do bar concordou:

– Algumas pessoas pensam que isto aqui é bebedouro público.

No dia seguinte, à mesma hora, o velho voltou, com expressão de cansaço, e novamente pediu um copo de água.

As brincadeiras se repetiram. Os dois moços do balcão fingiram disputar a honra de servir a água ao homem:

– Ele pediu pra mim, Bartolomeu.

– Não. Foi pra mim, Elpídio.

O caixa comentou com alguns fregueses, rindo:

– O tratamento aqui é VIP. É de vossa excelência pra cima.

– É isso aí – apoiou o dono.

Só o rapaz da cozinha, triste com o tratamento dado ao homem, protestou:

– Ô, pessoal, pega leve. Ele podia ser avô da gente.

Luísa tinha escrito a história até esse ponto e decidiu terminá-la nessa tarde. À noite, o pai se surpreenderia quando ela lhe mostrasse o texto. Pegando a caneta e concentrando-se, ela começou a escrever. De vez em quando, riscava uma palavra ou uma frase e as substituía. Vinte minutos depois, tinha terminado o final do conto. Leu em voz alta:

"No terceiro dia, o último em que o bar funcionaria, o velho apareceu novamente, pediu a água e ouviu as mesmas brincadeiras dos dois outros dias. Bebeu o copo e, com educação, perguntou se podia beber outro.

– O quê? – disse Elpídio. – Mais água?

– É. Por favor. Estou com muita sede.

– Olhe aí, Bartolomeu. Ouviu? O homem quer mais.

– Mais água, vovô? O que o senhor andou comendo? Bacalhau?

Todos, menos o rapaz da cozinha, caíram na gargalhada, porque o homem, por sua aparência miserável, dava a impressão de que só comeria bacalhau no dia em que ganhasse na loteria.

– Vamos fazer o seguinte – propôs Bartolomeu. – Eu sirvo a água pro senhor, vovô, se o senhor der uma cambalhota bem maneira pra gente ver.

Enquanto as gargalhadas e as zombarias aumentavam, Elpídio apresentou outra sugestão:

– Pode ser também uma estrelinha, vovô. Sabe como é uma estrelinha? Mas precisa ser caprichada, senão não vale.

Quando, alguns minutos depois, todos pararam de rir, viram ao lado do velho um homem bem-vestido, que não fazia questão de esconder sua indignação. Os empregados e o dono do bar sabiam quem era ele. Era o homem que ia mandar derrubar tudo aquilo para montar mais uma de suas lanchonetes.

– Apresento a vocês o Plácido, meu funcionário de confiança, meu braço direito – ele disse, pondo a mão no ombro do velho. – Faz muito tempo que ele me presta excelentes serviços. Agora mesmo ele acaba de me prestar mais um. O único empregado que eu vou conservar é o moço da cozinha. Pode aparecer lá no escritório amanhã, rapaz. Dos outros, eu não quero mais nem ver a cara. Vamos embora, Plácido.

Antes de sair, ele ainda censurou o dono do bar:

– Com esse pessoal trabalhando para você, isto aqui só podia ser o que é: uma espelunca."

Luísa ficou satisfeita com o final da história. O resto também estava bom, ela achava. O pai ia gostar de ler aquilo. Afinal, ele havia conseguido o emprego de caixa na lanchonete porque o caixa antigo tinha sido mandado embora por zombar do velho Plácido.

Concluído o texto, ela resolveu ler mais algumas páginas do romance juvenil. Era tão bem escrito que sua convicção de se tornar escritora foi fortemente abalada.

– Ah, isto, sim, é escrever. Será que um dia eu...? – ela pensou, suspirando.

Mais meia dúzia de páginas lidas lhe deu uma certeza: talvez ela realizasse o seu sonho, mas o caminho não seria nada fácil. Faltavam ainda muitos passos, ela considerou com realismo. Depois, com mais realismo ainda, ela mudou de opinião: não faltavam muitos passos; faltavam todos. E riu por pensar nessa palavra: *passos*.

Como primeiro efeito dessa reavaliação, ela desistiu de mostrar ao pai o texto que tinha terminado. Era possível melhorá-lo, era preciso melhorá-lo.

Havia apanhado de novo o pequeno caderno em que estava a história quando Roberto chegou.

– Nossa, maninho, que felicidade. Me deixe adivinhar. Você acaba de encontrar o Papai Noel na rua, certo? – ela provocou, vendo a cara do irmão, que parecia ter engolido um sabonete depois de mastigá-lo bem mastigadinho.

Roberto não respondeu. Fez o que sempre fazia quando não queria conversa. Ligou a tevê e a colocou num volume que, se não era o máximo, ficava perto.

– O que foi? O Papai Noel não parou para falar com você? – ela ainda tentou, mas esse novo esforço para fazer contato com Roberto só teve como resultado outro toque no controle remoto e a certeza de que, se o volume subisse mais um decibel, só mais um, a tevê estouraria como uma bomba atômica e faria explodir todo o quarteirão.

– Tudo bem, tudo bem, pode baixar isso – ela implorou.

– Eu já entendi. Você não quer papo.

Ele demorou um minuto para atender o pedido dela. Quando o som chegou a um nível suportável, ele resmungou:

– É isso aí. Eu não quero falar.

– Eu já tinha percebido – ela disse e ele, como se encarasse isso como uma nova investida para iniciar uma conversa, fez subir novamente o volume.

Ela renunciou à conversa e, quando Roberto percebeu isso, baixou o volume e fingiu por dois minutos que estava acompanhando um programa. Depois, desligou a tevê e foi para o seu quarto. Entrou e bateu a porta com raiva.

– Puxa, que educação. Parabéns. Você é o orgulho da família Passos – gritou Luísa.

Enquanto ela pensava no que poderia ter deixado o irmão tão mal-humorado, já escolhendo Rodrigo como o maior suspeito, Fernanda chegou.

Luísa logo notou que havia acontecido alguma coisa muito fora do normal com ela. Fernanda estava preocupada, como uma menininha que tivesse acabado de praticar um furto.

Sentindo que a irmã precisava conversar com ela, Luísa esperou, tão ansiosa quanto Fernanda.

– Ah, Lu, Luzinha querida, eu fiz uma coisa que, se o pai e a mãe souberem... – Fernanda começou.

Dez minutos depois, quando ela acabou de contar todos os lances da aventura que ela e Bruna tinham compartilhado no estúdio, Luísa pegou suas mãos:

– Vocês vão passar no teste, eu tenho certeza. Já estou vendo o comercial na tevê. Eles disseram pra qual colégio é?

– Não.

– Imaginou se fosse o...

– Nosso? – concluiu Fernanda, rindo. – Vou pedir uma coisa. Por enquanto, é bom não se abrir, Lu. Por favor. Com ninguém. Depois, se der certo, a mãe e o pai podem até mudar de ideia e me apoiar naquele meu sonho, você não acha?

– Acho. Acho sim, Nanda.

– Você pensou? – suspirou Fernanda. – Pode ser o começo...

– ... da maravilhosa história da *top model* Fernanda Passos.

As duas se abraçaram e beijaram como se o futuro já tivesse chegado e estivessem comemorando a escolha de Fernanda como a modelo número um entre as dez maiores do mundo.

AS VINTE PERGUNTAS

Na manhã seguinte, a caminho da escola, enquanto as irmãs Passos andavam na frente, trocando cochichos sobre a extraordinária aventura de Fernanda na tarde anterior, Roberto as seguia de longe, chutando pedras, copinhos plásticos, potes de iogurte e tudo mais que pudesse servir para descarregar sua tensão.

A jogada em que ele e Rodrigo iam entrar depois da quarta aula parecia fácil. O plano que os dois tinham idealizado era tão simples que não havia nenhum risco de não dar certo. Era o que dizia Rodrigo. Ia ser moleza, ele tinha garantido, e Roberto era obrigado a reconhecer que na teoria o esquema parecia infalível.

Dona Hilda, a secretária da diretoria, seria enganada sem dificuldade e, com as respostas das vinte questões na mão, eles iam ser as maiores zebras na prova de Português. Para não causar muitas suspeitas, os dois tinham espalhado que estavam se matando de estudar.

Além disso, pretendiam dar uma ou duas respostas erradas. Dona Márcia, a professora de português, não havia avisado à classe que, para avaliar bem o conhecimento de todos, o teste ia ter vinte perguntas? Então eles podiam, acertando dezoito, ganhar a nota suficiente para passar sem susto.

A cem metros do colégio, Fernanda e Luísa, não ouvindo mais os passos do irmão nem o ruído dos objetos chutados por ele, olharam para trás. Ele estava longe, andando cada vez mais lentamente, como se não quisesse chegar.

– Ô, molenga, vem logo – gritou Luísa.

E Fernanda proclamou:

– Você é a tartaruga da família Passos.

Elas entraram e logo foram até onde Amanda estava perguntando a Bruna o que ela e Fernanda tinham achado do estúdio. Ao ver que Mateus estava vindo para perto delas, Fernanda pediu:

– Depois a gente continua essa conversa. Vocês sabem, o Mateus pode não gostar dessa história.

Um minuto antes do sinal para a primeira aula, Roberto, morosamente, entrou no pátio. Rodrigo, aflito, foi falar com ele:

– Estava achando que você não vinha mais. Tudo bem?

– Tudo – respondeu Roberto, mas Rodrigo percebeu que ele estava apavorado.

Nesse momento, um garoto da classe deles se aproximou e entregou um envelope a Rodrigo:

– Pediram pra entregar.

– Quem pediu?

– Um cara comprido e pescoçudo, na rua.

Rodrigo e Roberto se olharam: o único cara comprido e pescoçudo que eles conheciam era Paulinho Girafa.

O envelope estava fechado só com um pedacinho de fita adesiva. Acompanhado pelo olhar curioso de Roberto, Rodrigo tirou a fita, abriu o envelope e puxou um papel.

– O que é? O que é? – insistiu Roberto.

– Aquele filho da... Olha.

Roberto apanhou o papel e leu: "Rodrigo, seu saco de lixo. Você e seu amigo puxa-saco vão dançar comigo. Pode esperar."

Não havia assinatura, nem era necessário. Paulinho Girafa estava de olho neles, preparando a vingança. Eles tinham atacado e agora recebiam o troco na mesma moeda.

– Esse cara não vai dar folga pra nós – disse Rodrigo.

– É, acho que não. Vamos precisar nos cuidar – concordou Roberto, vendo naquele bilhete um mau pressentimento para a cartada decisiva que iam jogar dali a pouco.

Foram para a classe. Na primeira aula, de História, a passagem dos minutos, cada um trazendo para mais perto o instante em que precisaria ajudar Rodrigo na execução do plano, pareceu tão vertiginosa, para Roberto, que ele teve a impressão, quando a professora saiu da sala, de que ela só havia pronunciado quatro palavras: bom dia, ao entrar, e até amanhã, ao ir embora.

Na segunda aula, de Português, ele começou a transpirar desde a hora em que dona Márcia, a professora, chegou. Depois da chamada, ela deu um tema e pediu aos alunos que fizessem uma redação de no mínimo vinte linhas.

Quando os garotos e as garotas iniciaram o trabalho, ela pegou uma folha de papel almaço e começou a escrever. De tempos em tempos, folheava o livro de exercícios gramaticais.

– Olha lá – Rodrigo sussurrou para Roberto. – Ela está escolhendo as questões para a prova.

Cinco minutos antes do fim da aula, dona Márcia suspirou, fechou o livro e enfiou a tampa na caneta.

– Ela já fez as vinte perguntas – disse Rodrigo.

– Terminaram? – perguntou a professora. – Quem terminou pode trazer para mim. Quem não terminou tem mais dois minutos.

Quando tocou o sinal para o recreio e a professora se despediu da classe, Rodrigo puxou Roberto:

– Vamos.

Procurando simular indiferença, eles seguiram dona Márcia pelo corredor até a sala da diretoria. Ela entrou e os dois ficaram parados perto da porta, fora do ângulo de visão de dona Hilda, a secretária.

– Oi, Hilda – cumprimentou dona Márcia. – Esta é a prova mensal, com as alternativas e as respostas. Você passa no

computador para mim? Olhe, eu fiz correndo, lá na classe. Se você não entender alguma coisa, você me fala, está bom?

– Tiro quantas cópias?

– As de sempre. Ah, que vergonha. Eu preciso urgentemente aprender a lidar com o computador.

– É simples. Em dois dias, dá para aprender o básico.

– É, você já falou.

– Se quiser, eu estou à disposição.

Nesse momento, Rodrigo e Roberto foram andando. O diretor e alguns professores estavam chegando para a conversa que tinham sempre, no intervalo entre as duas primeiras e as duas últimas aulas.

– Você viu? – disse Rodrigo, alvoroçado. – Meio-dia, quando a dona Hilda ficar sozinha, a gente chega com tudo. Vai ser a maior...

Roberto teve vontade de tapar os ouvidos. Estava cansado daquela palavra. Será que ia ser moleza mesmo?

FOGO NA SALA 17

Roberto, que costumava ficar impaciente nas duas últimas aulas e ansioso para ir embora, nessa manhã lastimou não ter o poder de parar o tempo.

O ponteiro andava, andava e, sob o olhar vigilante de Rodrigo, que a todo momento lhe mostrava o polegar voltado para cima, ele sentia que, se não acontecesse logo algo totalmente fora da normalidade – o fim do mundo, por exemplo –, estava traçado o seu caminho para a vergonha, a desonra e a expulsão do colégio.

Sabia, agora, que o plano falharia, que o pegariam em flagrante e que ele seria enxotado da escola com estardalhaço, como o soldado de um filme que tinha visto uns dias antes: passando entre duas fileiras de ex-colegas indignados com sua conduta, recusando-se até a olhar para ele, com receio de que aquilo pudesse ser interpretado como um gesto de compaixão.

Jogariam sua blusa no chão, pisariam em cima dela e depois, para que o ar não ficasse poluído, juntariam sua ficha escolar e colocariam fogo em tudo?

Suando frio, ele viu chegar o meio-dia, a quarta aula terminar e o professor de Geografia ir embora. O momento havia chegado. O tempo não tinha parado, o mundo não havia acabado e só restava a ele esperar que os alunos e os professores começassem a ir para casa. Quando as salas, os corredores e o pátio estivessem vazios, o plano seria posto em execução.

– Está com os fósforos aí? – perguntou Rodrigo, apontando o bolso de Roberto.

– Estou – respondeu Roberto, com má vontade. Era a segunda vez, em um minuto, que ouvia a pergunta.

– E o pano?

– Também.

– Então você já sabe. Eu fico ali, escondido atrás da coluna. Você entra ali na sala 17...

Roberto não aguentava mais aquela recapitulação.

– ... e põe fogo no jornal e no pano. Aí você vai até a sala da diretoria e...

– ... aviso pra dona Hilda que está pegando fogo lá na outra sala.

– Isso aí. Quando ela sair, eu entro na sala da diretoria e fotografo o papel com o celular. Vai, vamos resolver logo isso. Se a gente molengar, daqui a pouco o pessoal da tarde chega e aí...

Com as pernas tremendo, Roberto entrou na sala 17. Na lousa, estavam alguns números e palavras. Tirou o jornal e o pano da mochila, armou um montinho embaixo da mesa e pegou a caixa de fósforos. Dali a um minuto, ele estaria definitivamente envolvido numa trama que, se fosse descoberta, ia marcar para sempre sua vida.

Riscando o fósforo, ele se sentiu um idiota e teve raiva de Rodrigo. Quem era ele, afinal, para influir assim na sua vontade? Mas o fogo já tinha começado a se espalhar pelo jornal e ele pôs o pano fino em cima, para aumentar as chamas.

Com o cheiro da fumaça já fazendo arder suas narinas, ele saiu dali e andou na direção da sala da diretoria. Chegando à porta, chamou, fingindo aflição:

– Dona Hilda! Dona Hilda! Parece que está pegando fogo lá na sala 17.

A secretária se levantou da cadeira, assustada:

– Nossa! Estou sentindo o cheiro. Vamos lá. Você me ajuda? Vamos!

Saíram correndo para a sala 17. Virando rapidamente o rosto, Roberto viu Rodrigo esgueirar-se e andar furtivamente para a sala da diretoria.

Roberto não poderia dizer o que mais o irritou: se o sorriso de Rodrigo, se o polegar apontado para o alto. Mas, assim que dona Hilda entrou na sala e começou a sapatear em cima do fogo, para tentar apagá-lo, ele correu para a sala da diretoria e mandou:

– Cai fora, Rodrigo.

Rodrigo, que tinha acabado de localizar na pilha de papéis a folha de dona Márcia, levou um susto.

– Cai fora – repetiu Roberto. – Cai fora já. Ela está vindo pra cá.

Rodrigo largou a folha e obedeceu. Saiu rapidamente, andou até o fim do corredor e desapareceu. Roberto, então, voltou correndo para a sala 17. Apesar do método pouco eficiente, dona Hilda havia conseguido diminuir o fogo.

– Aonde você foi? – ela quis saber.

– Fui ver se chamava mais alguém.

– Ajuda aqui. Ajuda.

Sapateando também e abafando as chamas com a blusa, tirada por cima da cabeça com uma habilidade que ele não sabia ter, Roberto foi aplaudido por dona Hilda.

– Isso. Isso. Estamos conseguindo.

Em dois minutos, o fogo estava dominado.

– Parabéns. Você foi ótimo. Merece ganhar a medalha de bravura – brincou dona Hilda. – Obrigada.

Depois de repor a blusa chamuscada, ele desceu para o pátio e atravessou o portão do colégio. Na esquina, Rodrigo esperava por ele:

– O que aconteceu? Você ficou lá apagando o fogo?

– Fiquei.

– Todo esse tempo?

– É. Pra dona Hilda não ficar com nenhum grilo.

– Se demorou tanto pra apagar, dava pra...

– Não dava, não – interrompeu Roberto, adivinhando o fim da frase. – Quando viu o fogo, a dona Hilda disse que ia voltar pra sala da diretoria e pedir socorro, pelo telefone.

– E ela pediu?

– Acho que sim. Eu não vi.

– E o socorro veio?

– Veio nada. Eu e ela tivemos que apagar tudo sozinhos.

– Droga. Eu devia ter ficado com aquela folha.

– E de quem você acha que eles iam desconfiar, se ela sumisse?

– De você, eu acho.

– É isso aí. E você não ia querer me ver expulso, ia?

– Eu não. Você é meu amigão. Ainda bem que você me avisou. Imaginou se a dona Hilda me pegasse lá dentro, com aquela folha na mão?

– A coisa ia ficar feia pra você.

– É. Mas, agora, o que nós vamos fazer?

– Eu tenho um plano.

Os olhos de Rodrigo brilharam:

– É mesmo? Qual? Conta aí.

– Estudar. É o único jeito, agora.

Roberto jamais tinha visto uma palavra causar uma decepção tão grande em Rodrigo.

VOCÊ NA INTERNET

Sem estômago para engolir Rodrigo, Roberto deu um tchau seco e rápido e, quase correndo, começou a andar de volta para casa.

Talvez ainda alcançasse as irmãs a tempo de compartilhar com elas, debaixo do gostoso sol do meio-dia, a caminhada pela penúltima ou última rua antes do prédio em que moravam.

Não tinha o que dizer às duas, mas sentia a vontade, a necessidade de estar ao lado delas. Com alívio, gozou a alegria de saber que havia se livrado de uma ação que envergonharia Fernanda e Luísa e magoaria para o resto da vida a mãe e o pai.

As irmãs já tinham subido quando ele chegou. Ao abrir a porta do apartamento, ele ouviu Fernanda:

– Olha aí, Lu. O desaparecido.

– Onde você esteve? – perguntou Luísa. – A gente ficou esperando lá no portão e...

As duas estavam na cozinha, esquentando a comida.

– Ah, como é difícil a minha vida. Eu sou o único garoto do mundo que não tem uma mãe, tem três – ele disse, fingindo estar zangado.

Luísa riu:

– Sorte sua. Do jeito que você é, não merecia nem meia mãe.

E Fernanda, assumindo o papel de uma das três mães dele, convidou:

– Lava as mãos e vem comer, vem, filhinho.

Almoçaram alegremente. O bom humor de Roberto chamou a atenção das irmãs. Fernanda mexeu com ele:

– Que felicidade é essa, maninho? O Rodrigo te promoveu a capitão?

– Eu estou desligando aquele cara.

– O quê? – duvidou Luísa. – Eu não acre...

– Ele é um cavalo – cortou Roberto.

– Ah, é? E você precisa ir ao oculista – disse Luísa.

– Por quê?

– Porque você levou um século pra ver isso.

Depois do almoço, Luísa foi para a mesa da sala, sentou-se e esparramou à sua frente uma porção de livros e cadernos. Fernanda sentou-se na cama e pegou uma revista que Bruna tinha lhe emprestado de manhã.

A surpresa do dia, que deixou Luísa de olhos arregalados e fez Fernanda sair do quarto para ver o fenômeno, raro como um eclipse solar, estava por vir. De repente, sentado diante de Luísa, com uma pilha de livros e cadernos quase tão grande quanto a dela, estava Roberto:

– Maninha, você me ajuda?

No início, Luísa pensou que fosse brincadeira, mas no rosto dele havia uma compenetração que ela jamais tinha visto.

– Ajudo, claro. O que você vai estudar?

– Sei lá. Tudo. Geografia, História, Matemática.

– Você está precisando de nota em tudo?

– É – ele confessou, envergonhado. – Mas eu preciso mais em Português.

– Vamos então estudar um pouco de gramática?

– Vamos – ele concordou, com uma cara de repente infeliz, como se tivessem sugerido a ele que tomasse um remédio intragável.

Luísa estava começando a explicar o que eram verbos defectivos quando o celular de Roberto tocou. Fernanda, depois de ver a milagrosa conversão do irmão ao estudo, tinha voltado para o quarto, e Roberto, tentando conjugar em voz alta o verbo explodir, continuou sentado. Luísa estranhou:

– Não vai atender?

Ela não resistiu e brincou:

– Deve ser o seu chefe.

Zangado, quase furioso, Roberto pegou o telefone:

– Alô.

– Oi, amigão. A que horas você vem?

– Hoje não vai dar, Rodrigo.

– O que é isso, amigão? A gente precisa conversar. Eu tenho dois planos.

– Planos??!!

– É. Um pra ferrar o Girafa e o outro pra pegar a prova de Português.

Roberto perdeu a paciência:

– Você não tem nenhum projeto mais emocionante?

O espanto de Rodrigo se traduziu em um longo silêncio. O que era aquilo? Um princípio de insubordinação? Enquanto ele pensava numa resposta, Roberto aproveitou sua indecisão:

– Bom, tchau, hein? Amanhã a gente se vê. Agora eu preciso estudar.

Roberto desligou o telefone com a sensação de que tinha dado um belo chute na canela de Rodrigo. Seu único arrependimento era não ter dado esse chute antes.

Voltou para os verbos defectivos. Em seguida, corajoso, corajoso, resolveu enfrentar a crase. Sempre que, em uma prova, entrava aquela combinação fatal de artigo com preposição, ele era vergonhosamente derrotado.

Depois de uma rápida explicação e de uma série de exercícios passados por Luísa, ele comemorou:

– Acho que entendi, maninha! Acho que entendi!

– É, parece que sim. Você acertou quase todas as questões. Beleza!

– Como é que na escola eu não aprendia, Lu? Acho que você é melhor professora do que a dona Márcia.

Luísa ficou feliz, mas não deixou o orgulho subir à sua cabeça:

– Não é isso, não. É que você não prestava atenção. Agora, precisando de nota, você ficou mais ligado. É isso. Pode crer.

A surpreendente disposição de Roberto para o estudo durou até as cinco horas, quando, dizendo que seu cérebro estava começando a embaralhar tudo, ele foi para o quarto, dar uma navegada pela internet.

Uma hora mais tarde, um colega do sétimo ano ligou. Ele atendeu e seu rosto mudou de cor. As irmãs estranharam sua agitação.

– O quê? – ele gritou. – Você está de gozação pra cima de mim. Só pode ser. Está bom. Vou ver. Como é mesmo? Diz de novo. O quê? Ah. Já anotei.

Ele desligou e voltou correndo para a internet. Dali a dois minutos, foi até o quarto em que Fernanda lia a história de uma modelo inglesa, famosa por suas pernas longas, e disse, engolindo as palavras com sua respiração apressada e seu nervosismo:

– Nanda, vem ver uma coisa. Vem logo.

– Ah, o que é? – ela perguntou. – É um daqueles joguinhos chatos?

– Não. É você na internet.

SE O PAI E A MÃE SOUBEREM

Fernanda entrou correndo no quarto de Roberto. Pareciam estar participando de uma corrida: ele à frente, ela quase tropeçando nos tornozelos do irmão. Roberto parou bruscamente diante da mesinha do computador e levou um esbarrão de Fernanda.

– Calma, Nanda, calma. Ai, acho que você me quebrou o ombro.

– Calma? Calma coisa nenhuma. Cadê? Eu quero ver.

Roberto ajeitou a cadeira para a irmã. Ela se sentou com tanto ímpeto que perdeu o equilíbrio e precisou se segurar na mesinha, para não cair.

Quase enfiando a testa na tela do micro, ela se viu:

– Sou eu.

Parecia que o sonho de se transformar em uma estrela das passarelas estava começando a se realizar.

– Sou eu – ela repetiu, estranhando que o irmão e que Luísa, atraída pelo alvoroço, ainda não tivessem começado a abraçá-la e a lhe dar parabéns.

Clicando o *mouse*, Fernanda fez a imagem do seu rosto ir sumindo na parte de cima da tela. Descendo, ela começou a ver os cabelos de uma garota. Descendo mais, ela reconheceu aqueles olhos, aquele rosto, aquela boca:

– É a Bruna!

– É – disseram Roberto e Luísa. – Você e a Bruna.

Continuando a descer com o *mouse*, ela compreendeu por que Roberto estava com aquela cara de irmão ultrajado.

– Nossa! Que coisa! – ela se horrorizou.

Nas imagens seguintes, ela e Bruna apareciam em um quarto, com jeito de preocupadas, uma tirando a roupa, a outra vigiando. Depois, vestidas de colegiais, elas abriram a porta e saíram.

– Mas o que é isso? – Fernanda perguntou, exaltada, vendo na tela algumas palavras brilhando como anúncios luminosos: *sex, pretty, girls*.

Não precisou fazer nenhuma pergunta a Luísa, que sabia inglês melhor do que ela, para se levantar da cadeira e xingar:

– Aqueles filhos da... Eles disseram que era pra um comercial de um colégio. Eles tinham uma câmera escondida no quarto. Isso é... uma sujeira. A gente trocando de roupa. Eu preciso avisar a Bruna. E também a Amanda. Ela não está aparecendo aí, mas... Quem foi que ligou pra você, Beto?

– Foi o João Carlos, da minha classe.

– Meu Deus, nessa altura o colégio inteiro já deve ter visto essa... coisa. Até o Mateus.

A frase foi interrompida por uma explosão de choro. Abraçada por Luísa, ela empapou rapidamente de lágrimas a blusa da irmã.

– O que... eu... vou fazer? O... quê? Se o pai... e a mãe... souberem.

– Se o pai e a mãe souberem o quê? – disse Gilberto, entrando.

UM CASO DE POLÍCIA

Quando Eunice chegou, vinte minutos depois, foi Gilberto quem contou a ela por que Fernanda estava com o rosto inchado de tanto chorar. Assustada, ela acompanhou a história e, bem antes do final, adivinhando o que ia ouvir, começou a chorar tão forte quanto Fernanda havia chorado:

– Ai, meu Deus, que gente infame! Como podem fazer isso? Não respeitam nada?

Ela não quis ver as imagens no micro.

– Não, eu não vou aguentar.

Ainda chorando, abraçou Fernanda e esforçou-se para não censurar a filha, embora ela merecesse até mais do que censuras. Um pouco depois, menos nervosa, perguntou a Fernanda se ela havia contado tudo.

– Contei, mãe. Não escondi nada, eu juro.

Eunice suspirou, abraçou a filha com mais força ainda e se resignou:

– Graças a Deus. Podia ter sido pior. Imaginou se os dois bandidos avançassem nelas? O que nós vamos fazer, Gil?

Gilberto, que também estava evitando recriminar Fernanda, porque o castigo sofrido por ela já parecia suficiente, disse:

– Eu vou ligar para o Tarcísio.

– Tarcísio? Quem é? – quis saber Eunice.

– É um freguês lá da lanchonete.

Eunice estranhou. O que um freguês da lanchonete podia fazer num caso como aquele? Antes que ela perguntasse, Gilberto explicou:

– Ele é da polícia.

– Polícia? – assustou-se Eunice. – Mas aí vai ser um escândalo.

– Não vai, não, Nice. Ele vai saber como proceder. Para esse tipo de gente, que faz essas coisas, só a polícia.

– Mas... – ainda tentou argumentar Eunice.

– Quem fica quieto nesses casos, por causa do medo de escândalo, faz o jogo deles. E o Tarcísio é um policial antigo. Ele tem experiência. Vou ligar para a delegacia. Se ele não estiver, eu tenho o telefone da casa dele.

Enquanto Eunice, Luísa e Roberto procuravam consolar Fernanda, Gilberto ligou para Tarcísio:

– Alô. Tarcísio? Aqui é o Gilberto. Tudo bem? Lembra que você disse que, quando eu precisasse de alguma coisa, era só ligar? Eu estou precisando.

Meia hora mais tarde, quando finalmente começaram a jantar, depois da tensão vivida por todos, Gilberto disse:

– Aqueles dois caras, como é mesmo que você falou que é o nome deles?

– Marcel e Máximo.

– Devem ser nomes falsos, mas tudo bem. Aqueles dois caras vão se arrepender do que fizeram. Beto, dá pra tirar umas cópias daquela... sujeira? Vai ser importante para a polícia.

UM AVISO DO SOL PARA FERNANDA

Na manhã seguinte, só Roberto e Luísa foram para a escola. Fernanda, com Bruna e Amanda, caminhava, sob um sol encoberto por nuvens que ameaçavam chuva, na direção do *shopping*. As três estavam com a saia e a blusa do colégio e a mochila escolar nas costas. Tarcísio, o policial amigo de Gilberto, tinha dito que aquilo era importante, até para não deixar Marcel e Máximo desconfiados.

– Vocês não estão com medo? – perguntou Amanda.

– Eu não – mentiu Bruna.

– Medo, eu? – disse Fernanda. – Eu não. Eu estou é com pavor. Pa-vor. Será que vai dar certo?

Amanda deu uma paradinha e girou o corpo, com charme:

– Eles não vão desprezar três garotas lindas como nós. Ainda mais com este uniforme.

Ela riu, mas era um riso nervoso.

– Não sei como você consegue ter esse sangue-frio. Se eles desconfiarem, já imaginou? A gente indo pra casa do lobo e você aí, brincando.

– Do lobo não, Nanda – Amanda corrigiu. – Dos lobos.

Tinham já contornado a parte de trás do *shopping* e estavam entrando na rua arborizada e tranquila onde ficava o casarão que Marcel e Máximo usavam como estúdio.

– Ai, meu Deus, ajuda a gente – pediu Fernanda, olhando para trás, para ver se estavam sendo acompanhadas por Tarcísio e pelos outros policiais. Atrás deles, vinham Gilberto e Eunice, ainda ouvindo os argumentos dos pais de Bruna e de Amanda, que continuavam achando aquilo arriscado demais para as filhas.

– Isto é uma loucura – avaliou o pai de Amanda, um homenzarrão corado. – Você não acha, Leonor?

– Loucura? É mais, muito mais do que loucura – apoiou a mulher, que contrastava com o marido por ser miúda e pálida.

Os pais de Bruna tinham a mesma opinião:

– Foi o que eu disse também à Vera, não foi, Verinha?

– E falar adianta? Você devia era impedir esta insensatez. Acho que a polícia podia muito bem arranjar outro jeito.

Bruna, como se estivesse ouvindo a conversa, fez uma pergunta:

– Nanda, aquele amigo do seu pai, como é mesmo o nome dele?

– Tarcísio.

– Ele garantiu mesmo que não tem perigo?

– Garantiu. Ele não explicou tudo pro seu pai?

– Explicou.

– Então.

– Ele explicou também pro meu pai e pra minha mãe – disse Amanda, para acalmar Bruna. – A minha mãe fez uma ameaça. Se o meu pai aceitasse o plano da polícia, ela nunca mais ia falar com ele. Mas olha lá. Os dois estão conversando.

– É. Mas parece que a conversa não está muito animada – gracejou Amanda.

A uns cinquenta metros do casarão, as três pararam e Fernanda resolveu checar:

– Tudo certo? Nenhuma dúvida?

– Nenhuma – disseram as amigas.

Mesmo assim, Fernanda achou conveniente resumir o plano do delegado:

– Recapitulando. Nós vamos lá, tocamos a campainha e dizemos se eles querem fazer mais fotos. Quando a gente entrar e eles mandarem a gente ir lá pro quarto onde eles têm a câmera escondida, a polícia invade a casa pela frente e pelos fundos e dá o flagrante neles. Não pode falhar, vocês não acham?

– E se falhar? – perguntou Amanda. – O que acontece?

– Ah, vê se para de agourar. Vamos lá? – comandou Fernanda e, nesse momento, olhando pela última vez para trás, antes de pôr o plano em execução, teve uma enorme surpresa. Correndo na direção delas, vinha Tarcísio. Agitando a mão aberta, ele pedia que elas esperassem.

Chegou respirando com dificuldade, o que deixou Fernanda insegura. Para um homem da polícia, aquilo não era uma recomendação nada boa.

– Houve uma mudança, garotas – Tarcísio avisou. – O meu chefe não concordou com o plano. Vocês não vão mais entrar lá.

O suspiro de alívio de Fernanda foi multiplicado por três, com a ajuda de Bruna e Amanda.

– Podemos ir embora, então? – arriscou Bruna.

– Podem.

Elas não quiseram dar nenhuma chance para que Tarcísio se arrependesse. Imediatamente, viraram-se para o início da rua, de onde tinham vindo, e começaram a andar com rapidez, quase correndo.

Tinham dado uns vinte passos quando viram caminhando na direção delas, vestida com um uniforme colegial, uma garota. Quando passou pelas três e deu uma piscada, Fernanda, Bruna e Amanda notaram que ela não era tão jovem quanto queria aparentar.

Ela se aproximou de Tarcísio, cochichou com ele e depois, com a cadência e o desembaraço de uma modelo, foi até o casarão e apertou a campainha.

De longe, ocultas por uma árvore, Fernanda, Bruna e Amanda viram o portão se abrir e a mulher entrar. Alguns instantes mais tarde, uma viatura parou perto da casa. Dela saltaram três policiais que pularam o muro e invadiram a casa.

Dois minutos depois, dos fundos do casarão veio o som de sirenes. Em seguida, o barulho de portas batidas com força e de gritos.

– Olha lá – apontou Bruna, nervosa. – É o...

Marcel tinha saltado o muro, mas não chegou a dar cinco passos na calçada. Agarrado pelo pescoço por um policial, foi imobilizado por outro.

Tarcísio, que tinha ido até a viatura estacionada, estava falando pelo rádio:

– Suspeito em fuga acaba de ser preso. A ação continua.

Dali a instantes, Máximo apareceu, também seguro por dois homens da polícia.

– Este aqui queria fugir pelos fundos – disse um dos guardas. – Mas ele foi imobilizado pela policial Glória.

– Mais alguém lá dentro? – perguntou Tarcísio.

– Não – informou o guarda. – Foi tudo checado.

Tarcísio falou de novo pelo rádio:

– Operação concluída com êxito. Dois suspeitos presos em flagrante. Vamos agora fazer uma busca para apreender material de prova.

Vendo a situação sob controle, Fernanda, Bruna e Amanda aproximaram-se da casa. Acompanhados por um policial, os pais e as mães das três chegaram logo depois, aliviados com o desfecho do caso e elogiando a polícia.

– Vocês não têm o que agradecer. Vocês fizeram o certo. Os bandidos estão presos e o melhor de tudo é que nós nem precisamos expor as garotas a nenhum perigo. Eu estava muito preocupado com isso e foi o que me fez mudar o esquema, pondo a Glória na jogada.

Fernanda olhou para as duas amigas e sorriu: o autor da mudança tinha sido ele ou o chefe?

Tarcísio continuou, dirigindo-se especialmente a Gilberto:

– Com as provas colhidas aqui e a cópia das fotos na internet, feita pelo seu filho, não vai ser necessário mais nada para manter presos aqueles dois. As garotas nem vão precisar prestar depoimento. E vamos providenciar para que as imagens sejam retiradas imediatamente da internet.

A policial Glória, ajeitando os cabelos, saiu da casa e foi recebida com festa por Tarcísio:

– Glória, sabe de uma coisa? Você é uma garota de ouro. Se você não fosse da polícia, podia ser uma modelo e tanto.

– Eu sei – concordou ela, sem modéstia. – Os dois caíram direitinho na minha. Um deles disse que eu tenho muito futuro na passarela. Ha-ha-ha.

Aos poucos, a aglomeração que tinha se formado começou a se dispersar, sob as ordens dos policiais:

– Vamos, gente, vamos.

Alguns curiosos ainda tentaram se aproximar de Fernanda, Bruna e Amanda, ao vê-las sendo abraçadas e beijadas pelos pais, mas Tarcísio, com bom humor, as afastou:

– O que vocês estão querendo? Dar uma voltinha no camburão? Se é isso, eu dou um jeito. Vão tratar da vida, vão!

Passados o susto e a agitação, Fernanda teve ânimo para fazer uma brincadeira:

– Se o pessoal lá no colégio soubesse o que perdeu...

Bruna e Amanda riram, mas o grupo de pais não pareceu ter gostado. Gilberto, como se fosse o porta-voz deles, sugeriu:

– Eu acho bom vocês não saírem por aí falando sobre isso. Já chega o mal que foi feito. Felizmente, o tempo de exposição na internet foi curto.

Bruna, sob o olhar severo do pai, comentou com as duas amigas:

– Viram só que coisa chata? Nosso primeiro sucesso e nós não podemos nem falar dele...

Um rapazinho conseguiu se aproximar e perguntou a Amanda:

– Vocês são famosas?

– Famosa? Eu? Não.

– E você?

– Eu também não – disse Bruna.

– E você? – ele quis saber de Fernanda.

Fernanda olhou para Bruna, em seguida para Amanda e sorriu:

– Não.

Nesse momento, o sol, atravessando as nuvens, iluminou o seu rosto e ela, como se isso representasse um aviso de como seria seu futuro, completou:

– Ainda não.